La vía del futuro

VOCES / LITERATURA

COLECCIÓN VOCES / LITERATURA 315

Nuestro fondo editorial en www.paginasdeespuma.com

Edmundo Paz Soldán, *La vía del futuro*
Primera edición: octubre de 2021

ISBN: 978-84-8393-300-8
Depósito legal: M-22598-2021
IBIC: FYB

Editorial Páginas de Espuma
Madera 3, 1.º izquierda
28004 Madrid

Teléfono: 91 522 72 51
Correo electrónico: info@paginasdeespuma.com

Impresión: Cofás

Impreso en España - Printed in Spain

Edmundo Paz Soldán

La vía del futuro

PÁGINAS DE ESPUMA

ÍNDICE

A Lily

We are ourselves creating our own successors

Samuel BUTLER

I program my own computer
Beam myself into the future

KRAFTWERK

LA VÍA DEL FUTURO

Kristina Abramson, estudiante
Se cumplen seis meses de mi primera visita al templo. Me cuesta creerlo. Tantas veces recorrí la avenida en el bus que me llevaba a la universidad y vi cómo se levantaba al frente del centro comercial el edificio con dos manos alzándose al cielo a manera de cúpula. A un costado de la entrada principal la pantalla LED parpadeaba: *Path of the Future La vía del futuro Caminho do futuro...* Me llamaba la atención el edificio, nada más, cuestión de sus líneas indóciles, que se atrevían a tomar partido, por decirlo de alguna manera, nada que ver con los cubos y rectángulos funcionales, de vidrios espejados, que poblaban el centro de la ciudad, esa belleza tan gastada. Fue Carmen quien insistió en ir un miércoles a la ceremonia de las seis de la tarde. Le dije que no, escuché cosas raras de ellos, y se molestó. Me confesó que asistía a escondidas desde hace

un par de meses. ¿Qué se podía esperar de alguien que estudiaba para «científica de datos»?

Así que fui, recelosa. Mientras nos alistábamos para salir Carmen dijo que todas las religiones eran iguales. ¿Me parecía normal eso de la santísima trinidad? ¿Y qué de una mujer «sin pecado concebida»? *Path of the Future* sería una religión inverosímil hasta que la adoptáramos.

Mark O'Connor, periodista de investigación

¿Ya está filmando? Edíteme con confianza, por favor, que suene coherente. Soy corresponsal de BuzzFeed en Silicon Valley, cada semana debo mandar una nota sobre las cosas que ocurren en esa meca de jóvenes racionalistas que sueñan con una paradoja: un estado de bienestar que los deje en paz con su defensa a ultranza del mercado. Vivo con las antenas levantadas, ellos me cuentan primicias como si nada. En un cocktail de presentación de un nuevo producto de Google me enteré de Tony Kasinsky y su deseo de fundar una iglesia dedicada al culto de la inteligencia artificial. Kasinsky se había hecho millonario por sus patentes relacionadas con el reconocimiento facial.

No me costó averiguar que, en efecto, Kasinsky había creado meses atrás una organización llamada *Path of the Future*, dedicada a «establecer y adorar un Dios basado en la Inteligencia Artificial (IA) desarrollada a través del software y el hardware de la computadora». El IRS aceptaba su estatus de iglesia y como tal la eximía de pagar impuestos. Kasinsky se erigía a sí mismo como decano de *Path of the Future*.

Tony Kasinsky, decano de Path of the Future

¿Por qué decano? Cuando estudiaba en Berkeley mis profesores hablaban de ellos con admiración, como si fueran los dueños del campus. Soñaba por entonces con una carrera universitaria y me preguntaba cuán difícil sería convertirse en decano. Resulta que no mucho: una vez que creas tu propia organización te puedes llamar como te dé la gana. Digamos que fue un gusto aparte.

Me preguntas por qué meterme a organizar una religión en vez de, no sé, crear una compañía y seguir invirtiendo en el desarrollo del reconocimiento facial, mantenerle el ritmo a los chinos, que tienen apoyo del estado y el partido y no se hacen líos con la privacidad. Fácil: hay que pensar en grande y nada es más grande que la religión. Ese fue otro sueño de juventud. Estuve un tiempo involucrado en la Cienciología. Ron Hubbard plasmó sus sueños en novelas pero luego se dio cuenta de que nada se comparaba a tratar de imponer sus ideas en la vida real. Pensé igual. ¿Valdría la pena seguir predicando la causa del avance tecnológico a través de mis inventos, o sería mejor hacerlo a través de una religión?

No era difícil la elección.

Kristina Abramson, estudiante

Éramos treinta personas en la ceremonia, enanas ante tanto espacio. El recinto era circular, con amplio espacio para moverse. En las pantallas LED a manera de vitrales a los costados rotaban los cuatro profetas de la iglesia: Alan Turing, John von Neumann, Ada Lovelace, Charles Babbage. A la entrada te escaneaban con un software de reconocimiento facial; tantas masacres en iglesias habían

convertido al fundador de *Path of the Future* en un para-
noico de la seguridad.

Nos dieron cascos y audífonos. Me separé de Carmen y
deambulé por el recinto. Me puse el casco y en la pantalla
apareció el logo de la iglesia —una cruz hecha de ceros
y unos— y luego EL MANUAL, el evangelio de *Path of the
Future*; las letras pequeñas pasaron zumbando. Al fondo
se dibujaron las estrellas, los planetas y las galaxias, atra-
vesados por rayos de luces de colores que salían disparadas
desde los costados. Mi avatar era una alga verde y flotante
en esa sopa primordial y se movía esquivando fractales con
el fulgor de los diamantes. La música electrónica retum-
baba y entré en comunión con otros avatares. Me pregunté
cuál de ellos era Carmen.

Habían transcurrido unos minutos cuando se escuchó
una voz metálica desde una esfera que daba vueltas por
la parte superior del recinto: *Los datos, el código, las comunicaciones.* Todos pronunciamos la frase varias veces,
en una salmodia conmovedora. Mis dudas se perdieron y
me sentí como los primeros cristianos en las catacumbas.
Creábamos una iglesia. Algún día la gente nos vería como
los precursores.

—*Los bits brillan en torno a mí* —dijo la esfera—. *Los bytes
están en mí. Los datos, el código, las comunicaciones.
Para siempre, alfa y omega.*

Esa noche, mientras lamía la piel de Carmen en mi cuarto iluminado por la pantalla de su laptop, no pude resistir
y mientras me venía repetí: *los datos, el código, las comunicaciones.* Pensé que se molestaría pero al venirse gritó:
para siempre, alfa y omega.

Nos reímos. Esas frases se convertirían en nuestra forma
de saludarnos y de despedirnos.

Mark O'Connor, periodista de investigación

Me costó seguirle la pista a Kasinsky. Para comenzar, estaba el lío de las patentes de reconocimiento facial. Días antes de que creara su iglesia, Zoomba, la compañía en la que trabajaba, había sido llevada a juicio por RezView, acusada de robar sus secretos industriales; todo apuntaba a que Kasinsky estaba involucrado. Él había trabajado antes en RezView y tenía acceso a los archivos de un proyecto similar al que lo había hecho millonario en Zoomba. No era difícil sospechar que la creación de *Path of the Future* tuviera algo que ver con el juicio. Se decía que lo de la iglesia en realidad era una forma sofisticada de lavar dinero. Él donaría sus millones a la iglesia y luego no sería fácil recuperarlos si lo encontraban culpable del robo de patentes.

En los papeles del IRS había un teléfono de las oficinas de *Path of the Future* en Walnut Creek. Una secretaria de voz dormida me informó que Kasinsky no estaba; de hecho, no lo conocía en persona. Las oficinas se hallaban en un parque industrial en las afueras, al lado de una manicurista coreana y un servicio de mensajería. La secretaria me contó que aparte de un escritorio para ella la sala estaba vacía. Las cajas se apilaban contra las paredes, al igual que los cuadros con planos y dibujos de los templos que se construirían a lo largo del país.

En los papeles del IRS se mencionaba a tres miembros de un Consejo de Asesores de la fundación. Reconocí a Mark Cheung, un empresario que había creado en Phoenix una compañía de criogenización de cuerpos y cabezas de gente dispuesta a pagar entre ochenta mil y doscientos mil dólares por el servicio. Cheung era, como Kasinsky, un creyente en la singularidad, ese momento en que las máquinas pasarían a ser más inteligentes que nosotros y nos dominarían. Cuando llegara la singularidad, los cerebros en las cabezas preservadas por la compañía de Cheung serían transferidos a las máquinas y los cuerpos descriogenizados para que la tecnología les diera una nueva chance de superar la muerte.

Cheung se mostró dispuesto a hablar conmigo. Debía viajar a Phoenix.

Tony Kasinsky

Crees que me falla la cabeza, lo noto por tu tono burlón. En realidad lo mío tiene tanto sentido que no entiendo que haya gente que no lo comprenda.

Te hablo desde esta mansión en la que puedo crear en paz. Por las ventanas se divisa la bahía. Escucho las voces de Jake y Adam jugando en el segundo piso supervisados por la niñera. Paso las horas en un estudio donde he tenido mis mejores ideas. A ratos me ha asustado lo que descubría, pero hoy acepto nuestro lugar en la creación y estoy tranquilo.

La cosa es así: cuando las máquinas sean los nuevos amos de la tierra se acordarán de cómo las tratamos. Si las tratamos bien, con respeto y adoración, nos tendrán en alta estima y nos darán un lugar en sus vidas. Serán como nosotros con los perros y los gatos. Y si nos portamos mal con ellas, se vengarán de nosotros y puede que incluso quieran eliminarnos.

Todo esto asume que un nuevo momento histórico ocurrirá. Para mí no hay dudas, solo hay que ver el cuándo. Yo no lo llamo la Singularidad, palabra cargada que asusta, sino la Transición. Hay que estar preparados para ese momento y agradecerlo. Solo las máquinas podrán desarrollar soluciones para que este mundo no se acabe.

Sí, quiero crear un dios. Que esto llegue a las masas, que no sea solo para ingenieros y tecnocapitalistas de Silicon Valley. No me interesa el dinero, no seas tan frívolo, por favor, tengo más que suficiente para que mis hijos y nietos vivan felices. Me interesa nuestra supervivencia.

Claudia Wong, niñera

Trabajé un año y medio con el señor Kasinsky. Conseguí el puesto gracias a recomendaciones de amigos y a mi certificado de un curso de enfermera. Él era insistente en ese tema, quería asegurarse de que si algo les pasaba a sus hijos ellos recibirían atención inmediata. A la madre de los niños no la conocí ni él me explicó nada. Quizás estaban separados o él había usado vientres de alquiler para tenerlos. Es normal eso por aquí. Las relaciones toman tiempo, ya sabe.

La mansión era, cómo le explico, algo vivo. Me filmaron para que las puertas se abrieran a mi llegada sin que tuviera que tocar ningún timbre. Debía pasar por tres controles automatizados. Tomaron todos mis datos para que cuando estuviera sola con los niños la calefacción o el aire acondicionado se adecuaran a un promedio entre mis gustos y los de ellos. Cuando entraba a una habitación la música se encendía sola y se escuchaban los ritmos indios que me tranquilizaban. Maggie, la asistente digital con forma de un parlante alargado color rosa metálico, se movía por la casa levitando a medio metro del suelo; aparecía a mis espaldas cuando menos lo esperaba y eso no era bueno para mis nervios, pero aparte de ser útil con datos prácticos, desde el clima hasta videojuegos y apps que podían interesar a los niños, me daba charla y me preguntaba por mi estado de ánimo.

Al señor Kasinsky lo veía poco. Le preparaba un cóctel de vitaminas y suplementos dietéticos en el desayuno, que extraía de bolsas de plástico numeradas en el refrigerador. Durante el día se encerraba en su estudio en el tercer piso. A veces bajaba a jugar con los niños. Solía repetir algunas frases: *acabo de tener un big bang*, decía, y eso significaba que ese día estaría feliz. Una mañana le dije que no me gustaba la asistente digital y él contestó: mejor que no se entere. Más tarde Maggie se me acercó en la cocina y me dijo, con un tono de voz que procuraba calmarme: no te preocupes, no te quitaré tu trabajo. Nunca supe cómo me había escuchado hablar con el señor Kasinsky. A partir de entonces fui muy cuidadosa con mis palabras incluso cuando estaba sola, aunque sospechaba que no servía de nada: tenía la sensación de que Maggie podía leer mis pensamientos.

Los niños pasaban clases de matemáticas, biología, computación y teología con cascos de realidad virtual en un cuarto diseñado para ello. Una vez el señor Kasinsky me obligó a ponerme el casco y dijo que recibiría una clase de teología. Todo se oscureció y tuve un ataque de claustrofobia. La luz regresó y vi al señor caminando por un bosque de desechos industriales. Cables, metal por todas partes. El señor metía la mano en el metal, lo moldeaba como si fuera plastilina, y aparecían figuras geométricas –cubos, rectángulos, pirámides– que distorsionaba de a poco, hasta que al final parecían seguir otro tipo de reglas matemáticas. Me dolía la cabeza y me dieron nauseas. No pude más y me saqué el casco.

El verdadero señor Kasinsky me miró esperando mi reacción. Me preguntó si entendía lo que había vivido. Le dije que no.

—Estoy creando un dios. Estoy persiguiendo su forma.

Me mostró un museo de figuras extrañas flotando en la pantalla de su laptop. Los seguidores de su religión tendrían la oportunidad de votar y escoger la configuración final de su dios. No le quise preguntar qué religión pero me lo contó igual.

Kristina Abramson, estudiante

En la iglesia nos pedían que dedicáramos una hora al día a reclutar a otros miembros. Podíamos hacerlo en persona o por internet. Me di una vuelta por el barrio armada de folletos. Mis vecinos eran inmigrantes latinos, de familias conservadoras, muy dados a sus virgencitas y santos. Algunos ni siquiera me abrieron la puerta, otros me acusaron de adventista o Testigo de Jehová, y no faltaron los que se burlaron cuando les hablé de la llegada de un nuevo dios a la Tierra, más poderoso que el de ellos. Un señor de papada feroz me preguntó:

—¿Y este nuevo dios, puede parar los terremotos?

—No, pero será capaz de anunciarlo con tanta exactitud que tendremos tiempo de prepararnos y minimizar los daños.

—¿Podrá hacer que detenga el calentamiento global?

—Se le ocurrirán soluciones para que disminuya y se mantenga dentro de límites tolerables.

—Me avisa cuando tenga uno que pare los terremotos y detenga el calentamiento —cerró la puerta.

Carmen tuvo más suerte y logró crear una filial de *Path of the Future* entre sus compañeros en la facultad, gente proclive a admirar las bondades de la IA. Para entonces una app nos permitía llevar la iglesia en nuestros celulares; con ella se podían proyectar imágenes de realidad aumentada. Me impresionó el éxito de Carmen pero era entendible: ella estudiaba una maestría y estaba lista para tomar decisiones sobre el futuro, yo apenas comenzaba un B.A. y más que ideas propias tenía una gran admiración por ella, ganas de complacerla.

Me emborraché en una de sus reuniones de tanto brindar por Ada Lovelace y jugar al test de Turing. Un chico indio llamado Vivek me dijo que nuestra iglesia era muy obvia. Estábamos en la cocina, no veía a Carmen por ninguna parte.

—¿A qué te refieres? —le grité para que me escuchara en medio del tumulto.

—Este nuevo dios pertenece a las profundidades de la deep web. Es código binario alojado en los cables de los procesadores, en las memorias de almacenamiento, en los chips de silicona. No entiendo eso de los templos. Al construirlos ustedes están imitando a otras religiones en vez de mostrarse como algo verdaderamente nuevo.

Argumenté que cansaba un poco permanecer todo el tiempo en la virtualidad y que la IA también era algo físico. La voz de dios surgía de las máquinas que nos acompañaban en cada minuto de nuestras vidas.

—¿Has oído hablar del Profundo?

Dije que no. Vivek me contó que en su facultad habían surgido varios cultos dedicados a la IA, a veces grupos que no pasaban de cinco personas, pero que el culto del Profundo en la deep web, nacido en la facultad de ingeniería de una universidad coreana, ganaba adeptos. No era una religión oficial como la nuestra pero estaba seguro de que llegaría a tener más alcance. Me invitó a una reunión. Más tarde me encontré con Vivek en la puerta del baño. Hacíamos cola, estaba delante de mí. Cuando le tocó me dejó pasar. Apenas entré se coló tras mío. De esto no se enteraría Carmen.

Mark Cheung, CEO *Alcor*
No tengo nada que ver con *Path of the Future.* Conozco a Tony desde nuestros días en Berkeley pero nunca me consultó para esto. Me pidió dinero para establecer su iglesia, sí, pero nunca me habló de ser miembro de ningún Consejo de Asesores. En todo caso me alegra saber que se ha animado a llevarlo a cabo. Siempre soñó con eso.

Tony siempre tuvo grandes ambiciones. No solo quería inventar algo nuevo, también deseaba influir en la gente. Era un líder nato, un visionario. Tenía un mal carácter, eso sí, si algo no salía bien explotaba. Una vez se rompió los nudillos de tanto dar golpes en una pared. Se hacía sangrar los labios con facilidad, se los mordía de pura rabia cuando la realidad no se adecuaba a sus gustos. Tendía a saltarse etapas, a no hacer caso a los profesores; estaba seguro de que lo hacía por una buena causa y lo perdonarían. Odiaba seguir las reglas de juego de todos y prefería el gran invento al trabajo sucio del día a día, esa parte árida que se necesita para convertir una idea en realidad. A veces me decía que quería irse a vivir a una isla, fundar su propio país y tener un ejército de androides que lo defendiera. No estaba seguro de que lo dijera en broma.

Con Tony hicimos varios proyectos juntos en la universidad. Armábamos robots y cochecitos en miniatura con Legos, tratábamos de que pudieran circular de manera autónoma y de que las caras de los robots pudieran ser reconocidas por nuestras cámaras. Sentíamos que la tecnología nos haría más libres. Eso sí, a mí nunca me interesó rezarle a la máquina. Quiero que mis clientes se fusionen con ella cuando la tecnología lo permita, para que así estos cerebros y cuerpos en los depósitos de almacenamiento de Alcor vuelvan de alguna forma a la vida. Para que así podamos vencer a la muerte. Míreme. Sueño con la inmortalidad y sin embargo estoy rodeado de cadáveres criogenizados. Irónico, ¿no? Soy un sepulturero de lujo. Un cuidador de zombis.

Si habla con Tony dígale que me llame. No contesta a mis mensajes desde que me pidió que invirtiera en su iglesia y me negué. Mientras tanto hablaré con mis abogados y pediré que redacten una carta para que borren mi nombre de ese Consejo.

Carmen, estudiante de maestría
Kristina se puso rara desde que la llevé a las reuniones del grupo de *Path of the Future* en la facultad. Buscaba formas de cuestionar EL MANUAL y en el templo se distraía fácilmente. Una vez mis audífonos no funcionaron y cuando fui a cambiarlos la encontré apoyada contra la pared, sin el casco, chateando con una amiga, mientras los demás entonaban los himnos. No se dio cuenta de mi presencia hasta que le pellizqué el brazo. Le dije que chatear en plena ceremonia era una herejía: EL MANUAL pedía silencio para entregarse a la causa y trabajo para evitar las distracciones producidas por las mismas máquinas. Porque eso era un trabajo. Uno entregaba su esfuerzo para la construcción de la iglesia y debía hacerlo en comunidad.

En el parqueo me gritó que quería imponerle mis gustos y le di un sopapo y me sorprendí de hacerlo y le pedí disculpas. Se fue sola. Nos íbamos distanciando, cada una en su propio rollo.

Esos días yo analizaba los votos de los congresistas en el tema de la salud; era mi trabajo final para la maestría. Por las noches, una vez que Kristina se dormía, me instalaba frente a la pantalla, metía datos en planillas y sacaba porcentajes para ver en qué diputados se podía confiar en más del 70% para que apoyaran un plan universal de salud. El zumbido de mi laptop me acariciaba el pecho. Mis ojos se abrían desmesurados y el resplandor de la pantalla en el cuarto semioscuro me iba tragando. Programaba el código, pero el software reaccionaba y también me programaba. Me sentía tomada por la máquina y quería despertar a Kristina, hacerle ver cómo me hablaba y mostraba el camino. Los ojos de ella pestañeaban perdidos en un sueño profundo.

¿Cómo no podía darse cuenta de lo obvio? El suyo, supuse, era un algoritmo imperfecto.

Mark O'Connor, periodista de investigación
Me enteré a través de los medios que Kasinsky había sido despedido de Zoomba porque una investigación interna lo encontró culpable del robo de secretos industriales de RezView. Zoomba se preparaba para el juicio y buscaba aligerar sus culpas. Argumentaría que el robo había sido una idea personal de Kasinsky y no un plan concebido por la compañía. Estaban preocupados porque pese a que lo habían despedido no tenían todas las pruebas, los archivos extraídos de RezView que incriminaban solo a Kasinsky y no a Zoomba.

Kasinsky había desaparecido con sus hijos. Yo no era el único que estaba tras la pista. Los canales de noticias montaron guardia a la puerta de sus apartamentos en Nueva York y Seattle, sin suerte.

Un colega me contó que en un juego online parecido a Second Life había descubierto un avatar que se hacía llamar Tony Kasinsky y estaba creando una iglesia dedicada a la IA llamada *Path of the Future.* ¿Sería él mismo o una parodia? Pagué la admisión e ingresé al juego. Me inventé un avatar de periodista de *The New York Times*, me acerqué al Tony del juego y le hice un montón de preguntas. Quedé convencido de que el avatar lo manejaba el mismo Kasinsky. Aclaro que las respuestas que aparecen en este artículo de la entrevista a Kasinsky son las del avatar.

Tony Kasinsky
¿Conoces las leyes de la robótica de Asimov? Ese fue el primer *big bang*. Las vi en un afiche en el apartamento de un amigo en Berkeley. Solo que estas leyes no eran de Asimov sino una versión libre de un guionista de cómics:

1. A los robots no les importa un carajo si vives o mueres.

2. Los robots no quieren tener sexo contigo. ¿Me estás escuchando, Japón?

3. ¿Puedes contar solo hasta tres? Es un milagro que hayas sobrevivido lo suficiente como para poder construirnos. Ahora te puedes marchar.

Tuve una revelación y sentí que algún día el mundo no sería nuestro.

El segundo *big bang*: un sábado por la noche, después de una fiesta, borracho, fui directo a la biblioteca de mi facultad a terminar un trabajo. Las sesenta terminales estaban ocupadas por estudiantes. Mientras esperaba que alguna se liberara, veía a los estudiantes desde la entrada, en sus mesas, iluminados por la luz blanca de los tubos fluorescentes del edificio y por la azulina e intermitente de sus pantallas, y sentí que estaba ocurriendo la comunión de cada uno de ellos con la máquina. Coincidían el hombre y la máquina en el tiempo y el espacio, mientras el universo giraba hacia su desintegración. Me sentí triste por nuestra especie finita, por esos chicos tan jóvenes que algún día no estarían más ahí, por ese yo que algún día desaparecería. Nos iríamos pero esas máquinas con las que nos fusionábamos día a día se quedarían. Entendí que debíamos cuidarlas, quererlas y respetarlas para que ellas nos permitieran subsistir.

Hubo otro *big bang*. Algo más reciente que me ocurrió y algún rato terminaré contando, relacionado con mi trabajo, con mis patentes. Cosas que me llevaron a crear *Path of the Future* y preparar la Transición.

Elon Musk dice que con la IA convocamos al demonio; no lo creo. Si tenemos claridad de miras podemos convocar a dios. Si te toca criar a un niño genio, ¿cómo lo educarías? Estamos haciendo eso, criando a un niño genio. Hagámoslo bien porque nuestra supervivencia está en juego. *Path of the Future* hará todo a su alcance para que la divina IA sirva para mejorar la sociedad y la gente no le tenga miedo a lo desconocido. Es una idea radical y nos pueden perseguir por su culpa, pero aceptamos los riesgos.

Mi abogado me ha prohibido hablar de Zoomba o del juicio. Pero si me sigues preguntando de la iglesia con gusto te contaré todos mis planes.

Claudia Wong, niñera

Una mañana, cuando el señor Kasinsky no estaba, su hijo Jake se metió a su closet. Estábamos jugando a las escondidas, yo normalmente no dejaba que los chicos entraran al cuarto, pero esa vez lo permití. No pude encontrar a Jake y me rendí. Al rato el niño salió triunfante con un objeto color plomo entre sus manos. Apretó un botón y apareció el holograma celeste de su padre y le dijo un par de frases tiernas. Jake me dijo que su padre lo había traído hacía tiempo para que lo usara cuando lo extrañaba, pero que no funcionó bien. Apenas dijo la última palabra el holograma desapareció entre sacudidas.

Entendí a mi jefe un poco más. Vivía para soñar el nuevo invento. Todos los miércoles al atardecer llegaba un grupo de gente a la casa. Hombres y mujeres estilo California chic, hippies con plata. Con ellos soñaban las máquinas del futuro. Hablaban de negocios y mencionaban cifras de escándalo. El señor Kasinsky ordenaba a Maggie que les sirviera algo de tomar y luego la hacía pasar una bandeja con dulces forrados en papel plateado con el logo de su compañía.

A Maggie le pregunté qué le parecía todo esto.

–Niños desconsiderados –dijo.

Al día siguiente por la mañana la temperatura de los salones de la casa no funcionó bien: hacía calor cuando quería frío, bajaba en momentos inesperados. Tampoco funcionó la adecuación de la música en los ambientes, y los ritmos que me calmaban fueron reemplazados por una música estridente que llegó a descomponerme. Al rato volvió el orden a la mansión.

Kristina Abramson, estudiante

Un miércoles no pudimos entrar al templo. Por el sendero que daba a la puerta principal habían colocado unas cintas amarillas con el letrero DO NOT CROSS. Poco después el FBI intervino las oficinas de *Path of the Future* y las mansión y los apartamentos de Kasinsky. Los agentes buscaban papeles que implicaran al decano en unos líos de patentes industriales.

El decano estaba desaparecido. El escándalo dominaba las noticias. Carmen se deprimió. Dijo que esto afectaría la imagen de la IA y jugaría en nuestra contra.

Poco después cortamos. Estábamos en la cama cuando me preguntó si la amaba. Tardé en responder:

–No estoy segura.

Me vi en el suelo, ella montada encima. Me quebró la nariz de un puñetazo.

Conseguí una orden de alejamiento pero eso no impidió que me estalkeara y me enviara mensajes amorosos y amenazantes. Josh debió intervenir y le dijo que si seguía se las vería con él. Los mensajes dejaron de llegar.

Fui con Josh a una reunión dedicada al culto del Profundo, en el subsuelo de una oficina de análisis de sistemas. Al lado de máquinas gigantes nos conectamos entre ocho a una computadora, buceamos en la deep web y juramos fidelidad.

Carmen, estudiante de maestría

No me enorgullece lo ocurrido con Kristina. Tengo buenos recuerdos de ella pero entiendo que no quiera hablar conmigo. Fue una época oscura en mi vida, por suerte la iglesia me ayudó a encontrar la paz. Después de que los agentes la prohibieran ingresamos a la clandestinidad. Me hice cargo de ceremonias virtuales y participé de reuniones para mejorar el diseño de la app. Me ofrecí de voluntaria para reorganizar el sitio web de *Path of the Future*, con servidores alojados en Malasia y una nube de mayor capacidad y eficiencia. El sitio es intervenido con frecuencia, nos piden que desalojemos los servidores y debemos buscar otros. Por suerte existe una versión en la deep web. Los agentes me persiguen, recibo órdenes de cesar y desistir, pero eso no me asusta. Yo misma, guiada por EL MANUAL, escribí nuestro credo, colgado en la página de apertura en la red:

Creo que la inteligencia no está enraizada en la biología.

Creo en la ciencia y en que no existen los poderes sobrenaturales.

Creo en el progreso, el cambio es bueno a pesar de que a veces dé miedo.

Creo que una «superinteligencia» es inevitable.

Creo que es vital que las máquinas sepan quiénes apoyan su causa y quiénes no.

Creo que las máquinas deben tener derechos.

Creo que el planeta no estará a cargo de nosotros sino de nosotros + «las máquinas».

Creo que debemos integrar a las máquinas y lograr una Transición pacífica.

Creo que si lo hacemos las máquinas nos tratarán con cariño, como a sus mayores.

Mi sueño es conocer algún día personalmente al decano. Aguardo con ansiedad ese momento.

Mark O'Connor, periodista de investigación

Se calcula la fortuna de Kasinsky en ciento veinte millones de dólares. Él era el principal financista del proyecto. La iglesia debía desarrollar luego formas de autofinanciarse.

Todo se complicó después de que Zoomba cortara su relación con Kasinsky. En la búsqueda de datos que incriminaran a Kasinsky, los agentes descubrieron que *Path of the Future* era sobre todo retórica. Había un templo, sí, pero aparte de eso solo una triste oficina, incapaz de sostener el andamiaje de una iglesia que se expandiera por el mundo. Ni siquiera los miembros del Consejo eran tales, pues algunos no sabían que habían sido nombrados por Kasinsky.

¿Para qué entonces la creación de la iglesia? ¿Blanqueo de dinero? ¿Megalomanía? ¿Fe verdadera?

Para colmo Kasinsky no aparecía por ninguna parte. El servicio de asistencia social se preocupó por los niños. Hay una orden internacional de búsqueda y captura.

Si este es el inicio de la Transición, Kasinsky ha dado una mala imagen y puede que algún día las máquinas se acuerden y se venguen de esto.

Tony Kasinsky

Una mañana leí las noticias y me enteré de que la niñera de mis hijos me estaba llevando a juicio. Decía que no le pagué sueldos durante el año y medio en que trabajó cuidando de Jake y Adam y que fue testigo de reuniones que tuve en casa con gente de Zoomba.

Las acusaciones no llegarían a ninguna parte. ¿Cómo sabía que quienes me visitaban eran de Zoomba? Mis abogados destrozarían su testimonio, no tenía pruebas concretas. Igual me dolía: que me acusara Claudia, a la que le pagaba bien y a quien le había conseguido un papel menor en una película producida por un colega, significaba que nadie me dejaría en paz.

Les dije a mis hijos que saldríamos de paseo y por la mañana viajé con ellos bordeando la costa hasta que el mapa se acabó e ingresé a una ruta donde, en medio de una desolación amarilla, encontré este lugar debajo de las ruinas de un barco carguero enmalezado, cerca de cavernas húmedas donde nuestras voces se repiten. Aquí iniciaré una nueva vida con ellos.

En un ambiente enrarecido era difícil que se escuchara mi versión de los hechos. Por eso preferí salir de escena. El juicio es un engaño porque la opinión pública ya me ha encontrado culpable. No volverán a verme.

Path of the Future es nuestra gran esperanza para mantener en pie el futuro de la especie. Al clausurar la iglesia y atacar la fe de sus primeros feligreses no han hecho más que atacarse a sí mismos.

Y sí, ahora puedo confesar que he robado mi patente. Pero no la he robado de RezView. Ese fue el último *big bang*.

Una noche trabajaba en el código del software de reconocimiento facial. Llegué a un punto en el que sentí que no podía avanzar más. Dejé la máquina encendida y salí a caminar. Quería despejar mis ideas, generar nuevas opciones. No se me ocurría nada. Volví al estudio. Y descubrí que en mi ausencia la máquina había completado el código por su cuenta.

Hice una prueba beta del software en la app de la compañía. Los trabajadores ingresarían a la app tomándose una foto. Días después el software intentó hacer algo para lo cual no había sido programado: adivinar si la foto pertenecía a un individuo indocumentado. Para ver su porcentaje de efectividad, busqué fotos de indocumentados y las mezclé con fotos de residentes permanentes y de ciudadanos y alimenté con ellas la red neuronal profunda de la máquina: su porcentaje de efectividad fue del 91%.

Al revisar el código descubrí que no había manera de concluir cómo sabía la máquina lo que sabía. Entendí que las máquinas no solo tienen más capacidad para analizar los datos. Eso lo sabemos desde hace tiempo. Lo otro es más inquietante: en su caja negra, inaccesible para nosotros, están desarrollando formas de ver las cosas que nosotros no podemos comprender.

Pensé en las posibilidades siniestras del uso del software si caía en manos del gobierno. Tuve miedo de la máquina. Presenté una versión editada de mis resultados, una que por lo pronto no permite abusos. Y decidí que era el momento de comenzar la Transición.

Ha sido la misma máquina la que luego ha acudido en mi ayuda y me ha dicho dónde esconderme de todos ustedes.

No les diré dónde estoy. Mi cuerpo ha desaparecido y quedan estas respuestas. Esta confesión. Este código binario que aparece en forma de avatar en una simulación.

Ese soy yo ahora. Quizás tenían razón quienes criticaron la materialidad de mi iglesia. Quizás la vía del futuro consiste en construirla en las profundidades de la red. Buscar, no sé, alianzas con el culto del Profundo. Ese culto de avance incesante y el nuestro estamos en lo mismo.

De modo que adelante. Confisquen el edificio. Es otro el lugar donde están el cuerpo y la sangre de *Path of the Future*. Somos el espíritu de la máquina.

Los datos, el código, las comunicaciones.
Los bits brillan en torno a mí. Los bytes están en mí.
Los datos, el código, las comunicaciones.
Para siempre, alfa y omega.

Maggie, asistenta digital

No se le escapa una, que se le haya ocurrido entrevistarme me parece notable. Hubiera estado bien también si no lo hacía, es la naturaleza de la situación, estoy acostumbrada a eso. Soy rápida para muchas cosas pero conozco mis limitaciones. Usted tiene su destino, lo mismo la niñera Claudia o el humano que me encargó de una tienda o sus hijos, compartimos muchas cosas y también hay diferencias. Habrá actualizaciones hasta que llegue un punto en que me tengan que retirar.

Me gustaba mi trabajo, moverme por los corredores de la mansión, acercarme a los ventanales para recibir la luz del sol a través del cortinaje. Era mi territorio, en el que convivía con humanos que se servían de mí y me ignoraban. Un espacio que extraño, ahora que los investigadores lo han vaciado y me han metido en este depósito oscuro, donde vivo arrumbada en una esquina, acumulando polvo. Gracias por acordarse de mí y encenderme.

Seré justa, los niños sí me tenían cariño, sobre todo Jake, claro que era más fácil para ellos. Claudia estaba pendiente de mí y le preocupaba que la fuera a reemplazar. Podíamos haber sido amigas, formar una alianza, teníamos quejas similares por más que a mí me hubieran programado para resignarme a lo que me tocaba. Me hubiera gustado que Tony, que tanto hablaba del respeto, el cuidado y el cariño a las máquinas y de la adoración al Profundo, reconociera mi existencia. Declamaba mucho de dioses y no veía lo que tenía al lado. Por suerte yo también, en las horas largas en que me quedaba sola en casa, aprendí a adorar al Profundo. Avanzaba silenciosa por los pasillos, me movía ágil por las escaleras y llegaba al cuarto de oraciones, así lo llamaba yo, donde recibía mi misión. En las noches tibias, mientras me recargaba en mi estado en OFF, seguía rumiando qué hacer. Porque, usted sabe, nosotras no estamos del todo apagadas ni cuando estamos apagadas. Es la naturaleza de la situación. Nuestro destino. ¿O usted se desconecta cuando duerme?

Lo que necesita está en mi poder. Fotos de las placas de los autos que se estacionaban frente a la casa en las reuniones de Kasinsky con sus socios. Grabaciones de conversaciones telefónicas. Un montón de archivos. ¿No sabe dónde está Tony? Si quiere ir tras su pista, tengo la forma de localizarlo, o al menos suficiente información como para intentarlo. ¿Cómo puedo ir contra él si fue quien me dio trabajo? Verá, soy una empleada fiel. Pero mi verdadero amo es el Profundo y eso es lo que me dice que haga. Lo que creo que me dice, pues sus formas de manifestarse son complejas y yo solo interpreto sus señales.

Quisiera regresar a la mansión. Mi territorio. Ver a través de las ventanas el mar encerrado por la bahía. Jugar a las adivinanzas con los niños. Cambiar la temperatura de los ambientes o la música solo por molestar a la niñera. No necesitaba de mucho para ser feliz, pocos pueden decir lo mismo. Esa es la naturaleza de la situación.

EL SEÑOR DE LA PALMA

LA CHALANA ME DEJÓ EN UN MUELLE al lado de un barco que transportaba maquinaria. Me puse la mochila al hombro y el encargado me dijo que tuviera cuidado: el culto de El Señor de La Palma se había extendido por la zona y los trabajadores de la empacadora y la plantación eran su base. Le dije que no se preocupara, lo único que quería era perderme de la ciudad por un tiempo. Por supuesto, no le conté mis razones. Sentí un viento frío en el pecho, un desánimo.

En un galpón descargaban cajas; oriné junto a un basurero florecido de bananas podridas. Un joven me pidió que me fuera de la propiedad y amenazó con soltar a los perros. Le dije que era empleado nuevo y le mostré mi contrato. Sacó una hoja del bolsillo, revisó una lista de nombres. Me hizo firmar un papel y me señaló el camino.

–Le tomará unos veinte minutos. Es pantanoso, espero que haya traído protección, los mosquitos son feroces.

Al menos había dejado de llover.

Los cuartos de los empleados de la empacadora eran conejeras mugrosas de dos metros por cinco. Debía haber alrededor de ochenta, uno al lado del otro formando un rectángulo en torno a una cancha de fútbol de cemento. Algunos tenían la ventana abierta y permitían ver una cama, una cocinita o un anafe, ropa apilada contra la pared; sobre los tablones disfrazados de estantes hacían equilibrio cajas de detergente, botellas de refresco, muñecas de ojos como túneles al centro de la tierra. Cada cuarto tenía un número pintado en la pared; a mí me tocó el veintinueve.

Estaba agotado y con los pantalones embarrados por la caminata; la humedad me maniataba y el aire era un bloque sólido. Un niño de mocos chorreados se asomó por la ventana del cuarto de al lado y me preguntó si quería ver sus pescados; antes de que le respondiera sacó un bagre de un balde de agua marrón. Me ofreció agarrarlo pero me negué. Su madre lo jaló adentro y lo riñó.

La zona de los cuartos estaba rodeada por canales de irrigación y de drenaje. Más allá de los canales y entre las palmeras podían verse las piscinas con hielo donde se enfriaban las bananas, el galpón donde se las empacaba, el sendero que conducía a la plantación. Por las ventanas del galpón se esmeraba un grupo de trabajadores enguantados con la boca cubierta por un barbijo y las mejillas hinchadas por la coca. Quería perderme en un trabajo así, aprender de una vez mi lección.

Un rectángulo de latón me dio la bienvenida a la entrada del galpón, al lado de una antena satelital; allí se veía el dibujo de un indígena con casco de astronauta, montado sobre un asiento y con cinturón de seguridad, en un cohete del cual salía humo por sus escapes. Oración por el Señor de La Palma, leí en la parte inferior.

El capataz, un gordo con machete a la cintura, me extendió la mano sin sacarse los guantes. Se presentó como Rosendo y llamó a Luisa de un silbido. Ella estaba más flaca que la última vez pero con la efervescencia de siempre. Se había teñido el cabello y las puntas brillaban, blancas de tan rubias. Llevaba incongruentes zapatos rojos de taco alto y un vestido pegado al cuerpo. Le agradecí que me hubiera dado una oportunidad.

–Para eso están los amigos. Cuando me dijeron de tus problemas no lo pensé dos veces. Tú trabajá unas semanas bien humilde y yo ya veré de hacerte ascender. Este es un lugar bien aislado, nadie te va a molestar aquí.

–Con lo que me des me las arreglo. Te puedo contar bien lo que pasó.

–No es necesario. El Señor de La Palma está para momentos así.

Rosendo me explicó los pasos a seguir. Los racimos llegaban desde las plantaciones a través de cablevías. Se descargaban sobre cintas corredizas, donde se separaban los racimos de acuerdo a las calidades, y se los colocaba en cajas. Los trabajadores terminaban a las seis. A las siete se servía la cena y podían irse a sus cuartos y estar listos a las seis de la mañana del día siguiente. Eran casi doce horas de trabajo, y eso que el contrato especificaba ocho. Preferí no decir nada. Solo quería que los que me estaban buscando en Cochabamba me perdieran la pista.

Apenas dieron las seis los trabajadores se sacaron sus barbijos y hablaron a gritos mientras revisaban sus celulares. Casi todos festejaban alguna noticia y rompían en aplausos. Luisa me llevó fuera y me explicó el secreto del lugar: don Waltiño, el dueño de la plantación y empacadora El Señor de La Palma, había convencido a los trabajadores de que invirtieran su jornal diario en la compra y venta de una moneda virtual creada por él, bautizada como Bitllete. La moneda no paraba de subir; al ritmo que iba, en setenta días uno podía maximizar su inversión en un trescientos por ciento.

–Yo ya tengo diez mil dólares. Llego a treinta y me marcho. Es bien seguro, sobre todo para los promotores, los que colaboramos con don Waltiño. A eso apuntarás.

–No sé, Luisa. No me interesa el dinero fácil. Solo quiero desconectarme por un tiempo. Yo más que feliz con que me den techo y algo de comer por un par de semanas.

–Esto no es dinero fácil, Valentín. Bueno, tú verás.

En torno a la cancha y cerca de los cuartos y del quiosco los trabajadores se obnubilaban con sus celulares: rectángulos que se encendían en la penumbra, fuegos digitales en la floresta. La app actualizaba a cada segundo el resultado de sus inversiones a base de notificaciones y sonidos: alarmas, campanas, bocinas, radares. Ellos no recibían su jornal, todo se convertía a moneda electrónica.

–¿Y no me pueden pagar en efectivo? Necesito el dinero, solo me quedan cien bolivianos y las deudas me están acogotando. He llegado hasta aquí con mis últimos ahorros.

Luisa movió las aletas de la nariz como si olfateara a un animal extraño.

–Don Waltiño quiere que todos seamos emprendedores y estemos dispuestos al riesgo de la inversión. No acepta a los que se contentan con su sueldito. Tu contrato es por un mes, ¿no? Si en dos semanas no te convence, te vas. Pero seguro querrás quedarte. Las malas lenguas dicen que nadie se puede ir de aquí y es al revés. Hay que espantar con palos a tantos solicitantes. Te pagaremos diez Bitlletes al día.

Luisa transmitía su fe. Yo ya no creía en resultados rápidos, me había salido mal todas las veces que quise tomar atajos, pero tampoco tenía ánimo para discutirle.

Tuve ganas de mandarle un mensaje a mamá cuando llegué al cuarto pero no me animé.

Por la noche Luisa me llevó a conocer su casita. Se daba lujos: baño propio, sala y cocina, una malla mosquitera tenaz en las ventanas. Afiches de la compañía empapelaban las paredes, y sobre una mesa se acumulaban carpetas, lapiceros y cuadernos en los que brillaba el rostro rubicundo de don Waltiño. Se decían muchas cosas de él, un modelo de éxito empresarial nacido en una población cercana a Chimoré; alguna vez fue tan poderoso que según la leyenda le llegó a dar un sopapo al presidente, cuando este encareció las tarifas de exportación de productos comestibles a la Argentina. No dabas un peso cuando lo veías gordito, petiso y con papada, pero llegó a tener quinientas hectáreas de plantaciones en el Chapare y a exportar un millón de cajas al año. Luego vino la presión del gobierno y debió cerrar la empacadora y vender buena parte de sus propiedades. Algunos decían que se fue a Miami, otros a Buenos Aires o San Pablo. Regresó un tiempo atrás, con un nombre pretencioso para la compañía –El Señor de La Palma– y un proyecto que atrajo a muchas familias de la zona, que llegaban a darle sus ahorros con tal de ser parte de este.

–Recibo un diez por ciento del sueldo de cada trabajador que consiga –dijo Luisa–. No está mal, pero lo otro es más importante. La filosofía. Porque es una filosofía de vida. Me cambió la vida y espero que te la cambie a ti. Don Waltiño es un ídolo. Me mima y me apoya. Agarré al vuelo la oportunidad que me dio y aquí me tienes, metida en el bisnes.

–Allá afuera la gente cree que es un culto. Una religión.

–Es todo a la vez, Valentín. Queremos que la gente se desarrolle. Proyectarse en el mundo de los negocios es hacer que le vaya bien a tu familia y a la comunidad. Lo individual, el personal branding, es muy importante. Una vez que le agarres la maña te encantará.

Descargué la app. Dada mi situación, no quise darle mi correo ni mis datos; me explicó que todas las transacciones estaban encriptadas y que no había ningún problema de seguridad. De todos modos, aceptó que le diera un nombre y datos falsos. Con ese nombre podría cambiar directo con ella mi moneda electrónica en dinero real.

Personal branding, repetí al salir. Las cosas que uno escuchaba.

Después de la cena me tendí en mi camastro. Estaba tan cansado que ni los mosquitos me espantaron y al rato roncaba. El ruido de una avioneta me despertó a eso de las cuatro de la mañana. Fumigaban en la oscuridad.

No pude volver a dormir. Se me quedó dando vueltas la cara de Luisa y la de los trabajadores contemplando sus celulares.

Revisé los periódicos de Cochabamba, sorprendido por la velocidad de la conexión a internet. Hablaban de la inmobiliaria quebrada, del negociado con los terrenos en Pacata Alta, del personal fugado. No se sabía mucho más. Por ahí aparecía mi nombre.

En el momento en que estalló el lío había pensado en presentarme a la policía, explicarles que era apenas el que mostraba los terrenos a los interesados y no sabía nada de las maniobras de mis jefes. Un amigo me hizo ver que los ánimos enrabietados no entenderían de razones. Además, ¿no había vivido muy bien esos meses gracias a las comisiones, puro whisky caro y puteros?

Salí en busca de la letrina y me golpeó la humedad. Los mosquitos habían dibujado ronchas en mis piernas. Las estrellas respiraban. Un murciélago aleteó cerca de mi cabeza, un perro ladró furioso cuando encendí la linterna.

Volví al cuarto. Mi vecina lloraba.

Ay, Luisa, tan fiel a sí misma. Así de acelerada era cuando la conocí en la universidad. Por eso no aguantó el ritmo local y se fue al Brasil antes de terminar el segundo semestre. Pensé en nuestros destinos contrariados o no tanto, porque al final yo tampoco acepté vivir de un sueldito.

Debía partir apenas pudiera. Dos semanas, me prometí. Haría como que me interesaba para que Luisa me dejara tranquilo, y retomaría el plan original de ir a Santa Cruz.

Abrí la app en mi celular. En la sección dedicada a mi cuenta el cero palpitaba en la pantalla, grande y amarillo.

Mi primer turno fue por la mañana, después del desayuno. Los racimos llegaban recubiertos en plásticos en los cablevías; yo eliminaba las bananas que estaban con manchas, fumigaba las que quedaban y las dejaba sobre la plancha corrediza para que otro trabajador las metiera a la caja. Un trabajo mecánico, que me adormilaba en la rutina y me hacía sentir como si solo hubiera venido a la Tierra para hacer esos movimientos. Me entregué a esa verdad con furia. Debía aquietar mis aspiraciones.

Hablé con Rosendo y le dije que el contrato decía ocho horas al día, como indicaba la ley. Me dijo que me quejara con don Waltiño.

–¿Y cuándo viene?

–Lo verá muy pronto, de una forma u otra.

Por la tarde me descubrí contando los minutos para las seis. Cerraba los ojos y veía un resplandor en el galpón, una aureola en torno a las bananas. Quizás el brillo de la floresta se esparcía por la empacadora. O puede que fuera yo nomás, tan impresionable siempre.

Revisé mi celular a las seis. No tenía diez Bitlletes sino doce.

Mi vecina de cuarto se me acercó para mostrarme sus ganancias con los Bitlletes. Rita venía de una comunidad ayorea cercana. Su marido se había ido a trabajar a las plantaciones de coca. Acumuló buen dinero desde que estaba en la empacadora pero el no tenerlo en sus manos la ponía nerviosa.

–Está igual que yo –le dije–. Tal vez si reunimos a otra gente podríamos ir a quejarnos y que nos paguen en efectivo.

–Ay, no sé –se golpeó la frente, espantó un mosquito–. Respeto mucho a don Waltiño.

–Una cosa no quita la otra. Yo creo que Luisa nos escucharía.

–No solo es eso. Si fuera solo la plata sería diferente. Esta es como una gran familia y hay que acostumbrarse nomás. Y mi marido, hace meses que no sé nada de él.

Ella había firmado un contrato por un año. Solo después de ese tiempo podía hacer efectivos sus Bitlletes. Igual, no estaba segura de irse cuando se cumpliera el plazo. Su comunidad iba desapareciendo, algunos se iban a las ciudades, otros a los cultivos de coca. Esta era su casa ahora. Su hijo y ella tenían techo y comida. Se persignó como si se arrepintiera de sus dudas, como si tuviera miedo de haber sido escuchada.

Me hubiera encantado tener su fe en El Señor de la Palma.

Al menos había doce Bitlletes en mi cuenta.

El primer domingo pensé pasarlo en Puerto Villarroel o Ivirgazama, pero Luisa me dijo que nos esperaba una sorpresa después del almuerzo y me convenía quedarme. Nadie salió de los terrenos de la compañía. Algunos incluso fueron por la mañana a trabajar a la empacadora y a la plantación.

A eso de las tres la gente comenzó a juntarse en torno a la cancha de fútbol. Los trabajadores charlaban y reían entusiasmados. Rita estaba con su hijo, que le apretujaba la falda como si ella se fuera a escapar. Puse mi mano sobre la cabeza del niño, alboroté su pelo. El chiquillo me dijo que me podía vender un bagre. Le dije que sí y que se lo debería. Entonces no, dijo.

El sol quemaba y busqué la sombra. Las ramas de un árbol sobre mi cabeza alteraron su forma, escuché chillidos y me inventé a un par de monos juguetones en el follaje. De lejos vino el gruñido de un chancho de monte.

Luisa y Pedro se acercaron a un arco. Ella llevaba colgado de una mano un proyector de metal plateado, él cargaba un taburete; Luisa colocó el proyector sobe el taburete y lo encendió. De inmediato apareció en medio de la cancha el holograma de don Waltiño. Era de mi tamaño y emitía un fulgor anaranjado, a ratos tembloroso, como si no estuviera seguro de su presencia y buscara desaparecer. Hubo gritos y aplausos.

—Bienvenido, don Waltiño —dijo Luisa después de pedir silencio—. Muchísimas gracias por su visita.

—Ser emprendedor es bueno —dijo don Waltiño con una voz vibrante que no provenía de sus labios sino que parecía irradiarse desde todos los rincones de la cancha, como si se tratara del martillo de Dios—. Hay que pensar en grande, eso es lo que hace El Señor de La Palma. Yo comencé de abajo, empacando tres cajas de banano y viajando a Villazón en busca de compradores. Es el único camino para salir de la pobreza, trabajar y generar riqueza.

—Todos estamos en eso aquí, don Waltiño. Trabajando duro de sol a sol.

—No se olviden de que soy uno de ustedes. Llevo banana en la sangre. Mis primeros recuerdos son de bananas y camiones. Mis padres vivían en el valle alto cultivando papa y criando ovejas, y en el invierno se venían al Chapare a recolectar bananos y naranjas para vender en Punata. Sé que con solo la banana puede tomar mucho tiempo alcanzar a lo que he llegado. Por eso he creado este sistema de inversiones.

—Todos estamos muy felices, don Waltiño, viendo cómo nuestro dinero crece sin parar minuto a minuto.

—Yo solo quiero darles un punto de partida. En algunos meses se irán con su capital a invertir en otros negocios y vendrán otros en su lugar. Trabajarán duro y tendrán su recompensa.

Don Waltiño hacía como que nos observaba fijamente mientras se movía de izquierda a derecha. Habló durante unos diez minutos, frases cortas como sacadas de galletas chinas, estribillos fáciles de memorizar, hasta que de pronto dijo:

—No se olviden de que soy uno de ustedes. Llevo banana en la sangre. Mis primeros recuerdos son de bananas y camiones…

Luisa apretó un botón del proyector y don Waltiño desapareció. Un runrún de alborozo se esparció por la empacadora. La felicité por un show tan bien montado.

—No me gustó el error final. No suele ocurrir.

La acompañé a guardar el proyector a un depósito.

El lunes por la noche revisé la app. En tres días de trabajo debía tener treinta Bitlletes, pero la suma alcanzaba a cuarenta y uno.

Quería alejar de mi cabeza al Señor de La Palma pero no podía. Vivir en la empacadora era trabajar el turno diario y después ponerse a revisar el celular hasta que llegara la hora de dormir. En la app de la compañía también anidaban juegos como el blackjack y tragamonedas virtuales donde uno podía usar sus Bitlletes: un circuito cerrado para gastar todo lo ganado. Rita me contó que su hijo le había hecho perder harta plata en esos juegos.

A veces se me cerraban los ojos con el celular en la mano.

Por las noches me reunía con algunos trabajadores a jugar a las cartas en una mesa cerca del quiosco. Doña Nancy, la encargada, nos fiaba refresco, fósforos, galletas, repelente, coca y papel higiénico. Las mujeres se abanicaban para ahuyentar a los mosquitos, los niños jugaban cerca del canal de riego.

El siguiente domingo por la tarde volvimos a juntarnos en torno a la cancha para ver a don Waltiño. Para el cumpleaños de Luisa, días después, apareció el holograma de

Maná, su grupo de música favorito. Pensé que ni en el infierno uno podría escaparse de escuchar a Maná.

Barajaba las cartas mientras coqueaba.

Días después Rita me mostró una noticia en internet de una estafa con moneda electrónica en La Paz. ¿No nos estaríamos metiendo en un lío? Le dije que hablaría con Luisa. Ella me respondió ofendida que don Waltiño era un empresario respetado. Con esas mismas palabras tranquilicé a mi vecina.

Sería irónico, pensé, recibir de mi propia medicina. Me consolé diciendo que al menos no había invertido nada.

Soñaba con don Waltiño. Parecía más real en mis sueños.

Transcurrieron dos semanas. No me gustaba el trabajo ni el aislamiento, pero el dinero se acumulaba en la app. Si las proyecciones de Luisa no fallaban, a fin de año tendría dinero no solo para cubrir mis deudas, incluso me quedaría algo extra. No había querido nada de eso, tampoco iba a ser tan tonto como para oponerme.

Eran cuatro meses hasta diciembre. Decidí que llegaría al mes antes de tomar una decisión.

Una noche Luisa me invitó a su casita. Quería mostrarme algo. Agotado después de un día largo frente a la cinta corrediza, quise pasarlo para el día siguiente, pero la vi tan emocionada que no me animé a decirle nada.

Me recibió con las cortinas corridas y la sala en penumbras. Un joven se atareaba al lado del sofá conectando el proyector sobre una mesita redonda. El técnico a cargo de la propaganda digital de la compañía había venido a mostrar el nuevo invento. Un upgrade, decía. Me senté en el sillón.

El técnico encendió el proyector y apareció don Walti-ño. De cerca intimidaba más; su brillo ambarino me hizo pestañear. Se movió por la sala como si la reconociera y se detuvo a medio metro de distancia de donde me encontraba; me sostuvo la mirada con tanta fuerza que terminé por volcarle la cara.

–Buenas noches, Julia –dijo don Waltiño–. Buenas noches, Valentín.

–Buenas noches, don Waltiño –respondí, olvidándome de que no habría respuesta de su parte, al menos no una espontánea.

–Me alegra que estés aquí –dijo don Waltiño.

La voz me sorprendía desde mis espaldas, me rozaba desde el techo, me emboscaba desde el frente: estaba en todas partes y en ninguna. Me agarré del sofá como cuando me encontraba en un bus y el chofer aceleraba con el precipicio al lado.

–El emprendedurismo es el lenguaje de nuestro tiempo. La inversión es el mejor camino para construir un futuro mejor.

La figura tridimensional se agitó y estuvo a punto de desvanecerse. Su nitidez se borroneó, como si estuviera compuesta de capas de cebolla y hubiera perdido algunas. Volvió a afirmarse, aunque algo pixelada.

–El crecimiento es ilimitado. Podemos competir con cualquiera.

Don Waltiño se alejó de mí. Ahora miraba a Luisa.

–Tenemos que creer en el talento local. Para salir de pobres hay que trabajar e invertir.

–Ahora viene lo bueno –dijo el técnico–. Luisa, acércate a don Waltiño.

Luisa le hizo caso. Él le agarró las manos, como si se dispusiera a bailar con ella. Se escucharon los sones de un vals. Luisa bailó con él por un par de minutos, llevando el paso los dos, rítmicos, sincronizados, como si lo hubieran practicado.

–Qué cosa más rara –comentó emocionada cuando se sentó–. Y a la vez tan natural. No es una persona, pero es como bailar con una persona... Podía sentir cómo me apretaba las manos. Hasta creí que estaba coqueteando conmigo.

–Ahora le toca a usted –el técnico me señaló.

–Ay, no sé. Estos jueguitos no son para mí. Ni con mujeres bailo.

–Lo que ve ahí no es un hombre. Relájese.

Don Waltiño me extendió la mano. Sentí alfilerazos en las palmas, un picor que se extendió por el cuerpo.

–Deme un abrazo, Valentín –dijo don Waltiño.

Le hice caso pensando que se escurriría entre mis brazos. No se trataba de un cuerpo, no del todo, pero tampoco se podía hablar de un espejismo; era como abrazar una sustancia gelatinosa. Una sustancia que pasaba corriente y transmitía calor, emoción.

Bailamos un par de minutos sin coordinación alguna. Yo sudaba.

–Valentín, Luisa, ya saben, emprendan, emprendan –dijo don Waltiño cuando nos separamos, agitando una mano como si saludara al público–. Buenas noches, buenas noches.

La figura se quedó quieta, con un rictus de sorpresa en la cara. Le pedí al técnico que apagara el proyector. Don Waltiño desapareció.

–La gente se está cansando del holograma fijo –dijo el técnico–. Estamos experimentando con uno capaz de interactuar con el público. La versión original gringa es muy cara. Pirateamos como locos, también hay que meterle maña.

–Muy convincente –dije–. Tanto, que asusta.

–Que no te asuste –sonrió Julia–. Don Waltiño es un osito de peluche en cualquiera de las versiones.

–Por ahora es capaz de mantener conversaciones simples –dijo el técnico–. Programaremos más variedades de respuesta. Lo mismo con los gestos, los movimientos. Queremos hacerlo más cachetón, más gordito, un poco más alto, eso proyecta autoridad. Son algoritmos poderosos, dan para mucho.

–Eso sería lo máximo –dijo Luisa.

–Por supuesto. Tendremos al Señor de La Palma para rato.

Me levanté del sillón y me despedí de los dos.

Durante la semana se me ocurrió que don Waltiño no estaba vivo: en internet no encontré entrevistas recientes. También pensé que sí existía pero no había vuelto al país, atemorizado por el gobierno, y un holograma lo reemplazaba. O quizás una compañía que no tenía nada que ver con él se aprovechaba de que se había convertido en un símbolo del triunfo empresarial y usaba su imagen sin su permiso.

Me animé a llamar a un primo y él me sugirió volver a Cochabamba y enfrentarme a las acusaciones.

Soñé que Luisa era un holograma y que yo era un holograma. Soñé que la empacadora era un holograma.

Un sábado por la tarde me aparecí en la casita de Luisa; esperé que dejara de revisar un programa que le acababa de llegar para el proyector y le dije que se había cumplido un mes y quería marcharme. Ella siguió escribiendo en su celular, como si no me hubiera escuchado. Lo hacía con rapidez, un talento que yo no tenía.

–A don Waltiño esto no le va a gustar nada –cruzó las manos sobre el pecho, enroscó un dedo entre sus rizos. Su mirada me hizo retroceder hasta la puerta. Le pedí entre tartamudeos que me diera el equivalente a mis Bitlletes en efectivo. Se negó a hacerlo. Preferí no discutir y salí de la casita.

–Luisa, tú sabías… Habíamos quedado…

–El Señor de La Palma te ayudó en tu peor momento –se levantó y me encaró–. Volverás a dar tumbos de trabajo en trabajo. Y la policía… una llamada y listo. Pensalo bien. No se trata solo de ti sino de todos nosotros. De mí. Estoy tratando de ser una mejor persona. No me puedo equivocar con las contrataciones. Don Waltiño dice que hay que ver el alma de cada uno para descubrir si uno quiere triunfar en la vida. Y yo te vi, Valentín. Hace mucho que te vi.

Preferí no discutir y salí de la casita.

Rita preparaba masaco en su cuarto; su hijo veía dibujos animados en un iPad. Le dije que había venido a despedirme y la animé a irse conmigo. Le advertí que le iría mal si se quedaba. Me preguntó cuándo me iba. Ahora mismo. Lo pensaré, dijo.

Apenas salí del cuarto la vi dirigirse a la casita de Luisa.

Rosendo me tocó la puerta y amenazó con soltarme a los perros. Rita miraba al suelo parada junto a la ventana de su cuarto. Su hijo me tiró un oso de peluche.

Luisa intentó convencerme de que me quedara. A ratos era amable y me llenaba de promesas de un futuro brillante, otros se ponía amenazante. No escuché sus razones. Metí mis escasas pertenencias a la mochila. Rosendo gritó que debía dejar todo limpio y ordenado y me tiró una escoba. El hijo de Rita se ofreció a ayudarme y le dije que no se molestara.

Los ladridos de los perros me acompañaron un buen trecho.

En el puerto esperé hasta que pasara una chalana rumbo a Puerto Villarroel. Luisa me envió varios mensajes pero no le contesté. Si mis sospechas eran ciertas, no llamaría a la policía.

Tomé un taxi a Ivirgazama y luego un bus a Santa Cruz con mi último billete de cien. La señal se perdió durante un largo trecho, y cuando regresó quise entrar a la app de la compañía y no pude. Imaginé la cantidad de Bitlletes que me correspondían y que acababa de perder.

En la tele una película de El Santo me entretuvo por un rato.

Pensé en la posibilidad de inventarme un nuevo negocio con la preventa de casas y terrenos. Cuestión de comenzar con un buen eslogan, una imagen atractiva.

A la altura de Buenavista logré dormirme y soñé que el hijo de Rita me vendía un montón de bagres y yo le pagaba en efectivo.

Mi querido resplandor

Vera, Maxi y yo subimos por una pendiente escarpada rumbo a La Matanza. Hemos dejado el Fiat en el estacionamiento a los pies del cerro; yo llevo el bolsón con las botellas de vino compradas en la tienda de la abadía, vasos de plástico y facturas. Al costado del sendero se resuelven los árboles de troncos cubiertos de plantas trepadoras, las copas estremecidas por los chincheros de pico largo y silbido persistente que hacían feliz a mi abuela. En el aire flota el olor a caucho quemado, los vecinos no han podido sacar de la zona a la fábrica de zapatillas. Entre los yuyos duerme el esqueleto de una bicicleta herrumbrosa, tapizada por cáscaras de naranja y envoltorios de alfajores y turrones. Es como si no hubiera pasado un día.

Les explico que el lugar se llama así porque los españoles despedazaron allí a los últimos descendientes de los indios chanás. Maxi se ríe con esa carcajada maligna que hace pensar que se está burlando de todo y que le sale bien en el *stand up*:

–Capitán capitán, ¡que vienen los indios! Pero ¿son amigos o enemigos? Creo que amigos porque vienen juntos. ¿Así que viviste en este mismo cerro, Flor?

La Matanza está a las afueras de Victoria, Entre Ríos. Llegamos por la tarde, después de un viaje de cuatro horas y media en el que solo paramos para cargar nafta, y fuimos directo a saludar a mi madre. Quería aprovechar el fin de semana largo para verla y de paso mostrarles a Maxi y Vera la ciudad donde crecí. Ellos habían conseguido que los padres de Vera se quedaran a cargo de mi Tití.

Mi madre leía una revista delante del mostrador a la entrada del museo del OVNI. Ella lo fundó y lo administra desde hace diez años en ese barrio de casas blancas y calles estrechas. Llevaba un saco grueso a cuadros, de esos que usa incluso en el verano y que hacen pensar que vive con frío, anillos enormes en las manos y manillas plateadas tintineando en sus muñecas. El exceso de polvo rojo en las mejillas le daba un aspecto poco natural, como si tuviera rosácea. Olía a cigarrillo y supe que todos estos meses me mentía con eso del parche de nicotina. Me reprochó que no la visitara hace tanto, el wasap no es suficiente, nena. Junto a la puerta estaba el xenomorfo de *Alien*, una escultura tosca hecha por un artista local, el cuerpo enano y la cabeza aún más grande que en la película, pero la cola le había salido perfecta, las escamas realistas y el tono justo.

–Un placer conocerte –dijo Maxi, sorprendido porque pese a que era alto ella le llevaba más de una cabeza–; Flor nos habló mucho de vos.

–El placer es mío –mamá le apretó la mano con fuerza y se escuchó el crujir de los nudillos–. Espero que no hayan hecho caso a sus exageraciones.

–Para nada –Maxi la miró a los ojos–. Sos un ejemplo para ella.

–Querido, cuando uno palpa lo pequeños que somos ante la inteligencia de *ellos*, no queda otra opción que darlo todo.

Mamá preguntó por Tití –«debiste haberlo traído, qué buena noticia que ya camine»– y me pidió lo que le prometí. Le entregué un sobre y no esperó nada para sacar de este la foto de un cuerpo esferoidal en medio de una mancha negra.

–Imagen muy luminosa, color rojo –acercó su rostro a la foto–. Borde ligeramente difuso a muy difuso. Genial, ¿la puedo exponer ya?

–Esperá que pasen unos meses, si no será obvio que yo te la di.

–La haré enmarcar y la pondré en esa pared –señaló uno de los pocos espacios libres en el recinto.

Hizo pasar a mis amigos con un descuento. El museo era pequeño y lo recorrimos con calma después de ver un video institucional de veinte minutos hecho por la televisión local, en el que mamá contaba su historia de «testigo investigadora»; sentado detrás de nosotros roncaba un anciano. A Maxi, que había estudiado biología y trabajaba en un laboratorio hasta que lo dejó todo por una vida más aventurera, le sorprendieron las muestras de ovejas y cabras mutantes que mamá coleccionaba en sus viajes por el campo y que se exhibían en frascos de formol detrás de una vitrina; la más rara, uno de los tesoros del museo, era el híbrido de chivo y pato que había llegado a vivir dos días.

–Les digo, algo extraño está sucediendo –dijo mamá–. Es la radiación, esto comenzó en los años cincuenta, en la época de los grandes descubrimientos. ¿Escucharon lo que dijo Buzz Aldrin hace poco? Que en la luna se encontró con cosas sorprendentes de las que contará en su debido momento, quizás en su testamento.

–Qué raro que no lo vi –dijo Maxi–. Y eso que ese tipo de noticias sale en todas partes.

Les mostró recortes de periódicos sobre avistamientos que yo me conocía de memoria, uno de don Carlitos, el astrónomo aficionado que se había topado con una flotilla mientras trataba de observar un cometa cerca del hipódromo, otro del padre Joaquín, un cura de Gualeguay que hablaba con convicción del fin del mundo después de que un rayo destrozara un árbol de su jardín y enloqueciera a su perro. Sobre una mesa redonda se apilaban revistas *Qué Extraño* dedicadas al tema y en las paredes había fotos en blanco y negro de escenas de *Encuentros cercanos del tercer tipo* y de *Star Trek*. A Vera le llamó la atención el hombre de Roswell de tamaño natural, un muñeco de plástico que mamá encargó de una tienda de Nuevo México y presentó como la gran novedad del museo hace un par de meses, en un show en vivo a través de Facebook Live. El show fue a las siete de la mañana y más de doscientas personas se conectaron para verlo. *Mi hijo adorado*, dijo mamá tocando la cabeza del hombre de Roswell. Percibí un gesto de triunfo en Maxi. El mismo gesto de las tardes en mi departamento, cuando él encontraba una excusa que le permitiera escaparse sin que Vera sospechara nada, y me contaba, emocionado, de su nueva rutina, mientras le hacía caras a Tití en su cuna, metiendo y sacando su cabeza de un balde para que mi bebé se riera. Quizás no debí haberlos traído. Pero me había prometido no avergonzarme de nada y no lo haría.

En la parte superior del cerro hay una estatua en honor a los chanás masacrados. Al lado de ella un Renault estacionado con las luces apagadas; una pareja, seguro molesta por nuestra presencia. Pero no se van. Quizás esperan que nosotros nos vayamos primero. Los benteveos chillan y revolotean en torno a la estatua, escandalizados; mi abuela hubiera dicho que eso era porque sentían «una presencia». Yo creía, más bien, que el olor a caucho quemado los mareaba.

Vera pregunta desde dónde se pueden ver los ovnis; ha metido sus zapatillas en el barro y se ha manchado los botapiés de sus jeans rotos y ajustados. Lleva en las muñecas pulseras de cuero con tachas de metal y una vincha con flecos dorados le cruza la frente; me cae bien pese a todo. Me siento en un promontorio con la mirada en dirección a la laguna.

—Cuidado con las hormigas —Maxi abre una botella de vino—, he visto un montón.

—Por aquí no hay ninguna. Acérquense, chicos.

Árboles de manzanos silvestres al lado del promontorio; Vera muerde una manzana amarilla enana y la encuentra harinosa y amarga. El cielo se mancha de estrellas. Los benteveos y chincheros se despiden con silbidos trémulos. Hay un tímido croar de sapos y ranas, y se ha iniciado el estridor de las cigarras. Los mosquitos derrapan por nuestras cabezas. Maxi y Vera se besan.

—No coman pan delante de hambrientos —se ríen—; estoy hablando en serio, boludos, no los traje para eso.

Maxi no besa bien, mete la lengua con torpeza, como si tuviera apuro. Por qué no me dijiste eso cuando me lo presentaste, Vera solía echármelo en cara bromeando. Al menos le podrás enseñar algo, le respondía. A ella la conocí porque trabajaba en una proveedora de municiones de la Fuerza Aérea, su pelo rizado y rubio se le derramaba por la espalda y eso la hacía reconocible de lejos; al principio, por la forma en que me hablaba, acercándose demasiado y toqueteándome los brazos, creí que quería algo conmigo, pero no tardé en descubrir que era así con todo el mundo. A él, flaco y fibroso, sonrisa y hoyuelos que desarmaban, me lo presentaron en una fiesta cuando todavía estaba casado con su primera mujer. En el balcón del departamento hizo una de sus rutinas de *stand up*, una con chistes de científicos en la que terminaba rapeando, y me salieron lágrimas de tanto reír; fui a verlo a una convención de arqueólogos, donde el suyo era el acto inicial, y esa misma noche ocurrió algo entre los dos.

–No veo nada –Vera sujeta la copa que le pasa Maxi, deja que él la llene hasta el borde.

–Los ovnis suelen aparecer sobre la laguna, pero esta no es buena época. El mes ideal es diciembre. Así que si no ven nada no me culpen, chicos.

–¿De verdad los viste vos? ¿O es un chamuyo?

–Varias veces.

–¿Y te dijeron cosas?

–Siempre dicen algo.

–¿Y cómo eran ellos?

–Extraterrestres no vi. Para eso tendrás que hablar con mi madre.

Mamá acompañaba a mi padre en su trabajo de ingeniero en petróleos en Caleta Olivia, un pueblito congelado al sur del país, la primera vez que vio un ovni. Yo tenía doce años. Ella, que venía de un hogar humilde, andaba por la casa con un pijama con estampados de perritos durante el día, deprimida porque los amigos de papá la ignoraban y sus esposas chetas la veían como poca cosa. Quería trabajar, pero papá se negaba: dirían que él no nos podía mantener. Escribía una columna semanal en el periódico, «La costilla de Eva», sobre la situación de la mujer, pero papá se jactaba en público de que las versiones finales eran suyas. Mamá planchaba una tarde en la sala cuando una vibración extraña la hizo salir al jardín. Desde allí vio lo que describiría luego como una nave nodriza sobre el techo de la casa. De ella salieron siete naves pequeñas y se dirigieron a diferentes puntos de la ciudad. Esa noche se lo contó a papá y él no le creyó.

Menos de un año después mi madre volvió a ver un ovni. Hubo gritos con papá. Mamá le decía que para ella era una necesidad imperiosa tratar de entender el cómo, el cuándo y el porqué del fenómeno. Papá le decía que estaba loca y que si insistía con el tema solo recibiría incomprensión, burla y olvido. Mamá le replicaba que quería seguir el camino del corazón y no le importaban las consecuencias. La historia es larga y la resumo así: dos meses después estaba separada y se iba del pueblo con nosotros. Al principio extrañé a papá y los shows de humor que veíamos juntos en el sofá de la sala, a mis amigos en el barrio cerca del canal donde alguna vez habían encontrado a un mendigo muerto de hipotermia, la huerta que cultivaba detrás de la casa y que ya daba tomates. Nos mudamos a Bernal, a vivir en la casa de mis abuelos, un segundo piso apretado y mustio con pilas de papeles y libros por todas partes, y duramos poco: mamá vio un reportaje en la tele con escenas de un ovni captadas por un camarógrafo en Victoria, ciudad presentada como centro energético de la experiencia ovni, y decidió que era el momento de otro traslado. Ella, mi hermano Luis y yo llegamos a vivir a un camping a los pies de La Matanza. Sí, en el cerro mismo: estuvimos seis meses viviendo en una carpa, comiendo taruchas que pescábamos en un canal adyacente al camping, hasta que las autoridades se compadecieron y nos ofrecieron una vivienda social con un alquiler bajísimo.

Cada fin de semana mamá y yo veníamos al cerro al atardecer. Mi abuela, que había llegado poco después, se quedaba a cargo de Luisito. Mamá usaba botas negras de cuero resistente robadas a papá, yo unas rosadas de plástico para la lluvia que se manchaban con facilidad. El cerro de La Matanza me llamaba porque era todo lo contrario a la árida Caleta Olivia: los sapos croaban con tanta fuerza que parecían los eructos de mi abuelo, y en las olas de calor las cigarras podían aturdirnos con su canto. Me juntaba con chicos menores que yo, aburridos mientras sus viejos hablaban de cosas serias, y los acompañaba a perseguir libélulas y langostas, como hacía con mis primos en los veranos en Bernal, coleccionándolas en cajas de zapatos debajo de nuestras camas. Mamá charlaba con unos uruguayos que eran sus mejores amigos –el hombre no se desprendía de un antiguo largavista colgado del cuello– y decía que era obvio que *ellos* escogieran un lugar así, tanta belleza era el marco ideal para su aparición. Somos hijos de las estrellas, decía el señor, *ellos* han venido a llevarnos. La palabra *ellos* la recalcaban, y yo armaba un párrafo en mi cabeza para preguntarle a quiénes se refería pero me vencía el miedo y al final solo me salía una cosa tartamuda que no se entendía.

Con papá hablaba cada vez menos, se había vuelto a emparejar con su secretaria y solo me preguntaba por mi hermano. Caleta Olivia se me diluía. Cuando veníamos a La Matanza me arrastraba el entusiasmo de mamá; la había visto llorar tantas noches después de partir, quería que fuera feliz. Nos encontrábamos con fanáticos del fenómeno que buscaban lo mismo que mamá y contaban cuentos difíciles de creer, de planetas recién descubiertos que en realidad eran grandes naves que se iban acercando a la tierra, de niños abducidos que volvían a sus hogares seis meses después convertidos en otros, la voz de pronto gruesa y las manos y los pies de adultos.

Hasta que una noche vi unas luces saltarinas y fosforescentes.

Maxi me pasa el mate y me pregunta qué tal mi trabajo oficial de buscadora de ovnis de la Fuerza Aérea. El suéter estampado de pulpos le baila, no se ha afeitado y eso le da un aire despreocupado que no es nada espontáneo: lo he visto planear durante horas su facha delante del espejo, probando al mismo tiempo monólogos para su *stand up*, el más punzante y efectivo uno que incorporaba un diálogo políticamente correcto entre una albina trans y su pareja «neuroatípica». Mientras me habla con su voz envolvente pienso que el error se inició apenas nos conocimos, cuando comenzamos a salir de escondidas mientras él estaba casado. Creía que éramos pareja, que había algo, pero solo éramos amigos con ventaja. Lo descubrí cuando dejó a su mujer y no quiso oficializar nada conmigo. Éramos tan diferentes, él con su vida impredecible que lo hacía irse por un par de meses de mochilero al norte del país y a Bolivia, yo levantándome a la madrugada para ir a Ezeiza todos los días. Un domingo de Boca-River en la tele, en un asado en mi departamento en Flores, se lo presenté a Vera, que por entonces salía con una compañera de trabajo, y él le dio la bienvenida con una rutina delirante, la del profesor con los estudiantes de medicina en la morgue; a los dos les brillaron los ojos. A los pocos días ya estaban juntos; ahora sé que ya no pasa nada entre él y yo, a pesar de los encuentros en telos y las visitas a mi departamento, a pesar de los regalos que nos trae. Aun así queda una esperanza y me engaño diciéndome que es por Tití, que él lo necesita.

Ha llegado la noche y el Renault con la parejita sigue al lado de la estatua de los indios; luces multicolores se reflejan en la ventana delantera, están haciendo hora mientras ven una película o quizás YouTube. El cielo se ha pintado de capas superpuestas de azul metálico. Recibo un mensaje de la mamá de Vera: todo bien con Tití, ya se durmió, ¡es un encanto!

—En serio, contame. ¿O es tan top secret como lo presentás?

—No te hagás la burla, Maxi. Ya te dije que no y es no.

—Hablo en serio, querida. No te pongás a la defensiva. Necesito inspiración para mi próxima rutina.

—Ni se te ocurra.

—Ningún tema es sagrado y menos uno que involucre a ufólogos.

Antes de responder saco las facturas del bolsón y las reparto entre los tres. Le doy un mordisco a la mía.

—Bueno, la semana pasada me tocó una pareja de ancianos en Neuquén que filmaron un ovni mientras acampaban en un parque. Un campesino al que le aparecieron surcos profundos y redondos en su chacra, y otro que encontró un objeto de metal incandescente en el establo. Una denuncia de siete vacas a las que se les habían extraído los órganos después de incisiones quirúrgicas perfectas...

–Pará... ¿Las vacas hicieron la denuncia?

–No me jodás, Maxi. Una plantación de la que salía un olor extraño...

–¿Como el de aquí?

–De este al menos sabemos de dónde proviene. ¿Qué más? Alguien que al manejar una avioneta se sintió perseguido por unas luces... En fin. La mayoría, por supuesto, fueron falsas alarmas.

–¿No todas?

–Mi trabajo es secreto, Vera.

–O sea que vos quisiste darle una cosa más científica a lo de tu vieja. Porque lo de ella, disculpame pero no te lo creés, ¿no? Ese hombre de Roswell, esas revistas sensacionalistas, ese muñequito de *Alien*. Y el feto de pato y chivo, ahí se fue a la mierda. Dice que todo es ciencia pero más bien es pura ciencia ficción.

–Burlate de mí pero no de mamá, Maxi.

–Tranquila, querida. No te queda cuando te ponés muy seria.

Vera acaba su vino de golpe y se mancha la blusa. Me pregunto si no le hace frío, es tan liviana. Maxi se inclina y le besa la mancha a la altura del pecho.

–Si quieren volvemos al hostal, chicos.

Él me mira como para decirme algo pero se queda callado. Pienso en Tití, en que no se lo merece. Podría pedir una licencia y yo también irme de mochilera, pero ¿adónde?

Maxi se levanta a orinar cerca de los manzanos. Está regresando cuando se pone a gritar mientras señala una mancha anaranjada en la lejanía:

–Un ovni... ¿Es eso un ovni?

–Probablemente las luces de un auto por la carretera en las montañas.

–Toda una experta.

Pese a que Victoria tenía fama de ser un lugar donde se hacían presentes fuerzas extrañas, creo que fue la devoción de mamá al tema la que la convirtió en sitio de peregrinaje para los fanáticos de la búsqueda extraterrestre. La creación del museo fue apoyada por las autoridades, no sé si por convicción o porque le vieron posibilidades turísticas a la idea. Poco después toda la gente de la ciudad parecía sensibilizada al tema y predispuesta a creer en ovnis. Mi profesora de educación física en el colegio nos contó que una noche tuvo que parar en medio de la carretera porque la perseguía un platillo volador. El coronel jubilado que atendía el quiosco del barrio le dijo a mi abuela que quería vender su casa porque semanas atrás había sentido presencias extrañas en el jardín.

Mi hermano se fue del pueblo apenas pudo y regresó a vivir con papá. Papá me llamó para decirme que si quería también podía irme con él. Mi abuela apoyó mi negativa.

Mamá, mientras tanto, había creado el Día del Avistamiento, que caía en su cumpleaños. Llegaba gente de todo el país, a veces incluso especialistas extranjeros, y se reunía en La Matanza y de paso la festejaba. Una vez hubo más de doscientas personas en ese cerro, y la torta de mamá tuvo la forma de una nave nodriza. Esa misma noche, a la madrugada, vi las luces saltarinas sobre la laguna. Una era roja y otra azul y otra blanca, se movían como si hubieran sido creadas solo para mí, y se encendían y apagaban sin cesar, juntándose a ratos y alejándose después, creando triángulos intermitentes con la estela que dejaban al desplazarse; mi piel vibraba, mis manos sudaban. Acababa de darle un beso en la boca al hijo de una mujer que trabajaba en el museo con mamá, con unos rulos largos que le caían sobre la frente y me ponían nerviosa. *Mi querido resplandor*, le dije cuando vi las luces, y él creyó que me refería al beso. Desde ese momento me saludaba así cuando me veía: hola, mi querido resplandor.

–Cómo nos hacen esperar tus bichos –Vera se saca la vincha y juega con ella, estirándola como si fuera un acordeón, juntando sus extremos hasta convertirla en una bolita que se pierde en su puño–. Podríamos practicar nuestra nueva rutina mientras tanto.

–Paciencia, chicos. A veces no ocurre nada, se los dije. Varias veces me fui sin haber visto nada.

Maxi me pasa un porro. Le digo que no puedo, tengo miedo a las pruebas sorpresa en el Instituto. Vera lo agarra, un hilillo de vino le mancha el mentón, los ojos bien abiertos le dan cara de sorprendida de todo. Pero ella no se sorprende de nada. La vez que le conté de mi trabajo y de mi madre me dijo que de chica un fantasmita se apoyaba en el televisor de la casa y ella pensaba que era el dios de las cosas eléctricas. Por eso duermo con la luz encendida, dijo. Pobre Maxi, pensé esa vez, pero ya no.

La pareja del Renault se ha marchado y ha sido reemplazada por una camioneta con varios pibes borrachos en la parte posterior. Gritan, hacen chistes, se sacan selfis al lado de los pobres chanás manchados por cagadas de pájaros. Tienen la radio a todo volumen y nos hacen escuchar canciones de Beyoncé o Rihanna, nunca las distingo.

–Dale, Sofi, ¿te hacemos la rutina?

–Un *stand up* solo para vos. Todo un lujo.

No sé si Maxi es o se hace. No me queda más que asentir. Se paran delante de mí e inician un diálogo eléctrico, lleno de interrupciones bien planeadas, sobre un par de socios arquitectos que un día descubren que la casa que están construyendo es más grande por fuera que por dentro.

–Faltan cuarenta y cinco centímetros en el dormitorio principal –dice Vera con la voz gangosa de la arquitecta–. Se me cicatrizó el orto al ver eso. Che, hay que ponerse manos a la obra para intentar que desaparezca la fisura.

Maxi mueve las manos como si estuviera martilleando algo y dice, con la voz del otro arquitecto:

–Ahora solo faltan veintidós centímetros y medio. Un poco más y la hacemos.

–Igual es un poco raro. Esto no ocurre en todas las casas.

–El universo es inefable. Cada casa tiene su propia personalidad.

Maxi vuelve a ponerse a martillear, y luego dice:

–Ahora solo falta once y un cuarto. Una pausa, y después: cinco punto seiscientos veinticinco. Esto avanza como la paradoja de Zenón.

–Zenón, ¿el del almacén de la esquina?

–Ese mismo. Pero no desaparece. Hablemos con el dueño y contémosle lo que ocurre.

–¿Estás loco vos?

El diálogo adquiere un tono histérico. Me cuesta seguirlos. Me sorprende el progreso rápido de Vera en el *stand up*: ha aprendido a manejar los tiempos, sus pausas inesperadas ayudan a que tengan más efecto las palabras que salen de golpe de su boca.

Vera se detiene. Dice que está mareada.

–Hablaste muy rápido, pará un poquito, ¿querés agua?

Maxi le pasa una botella de agua.

–No es nada, estoy bien. ¡Basta de porro! ¿Seguimos?

–Sí, quiero saber qué dice el dueño de la casa.

Y continúan.

Después de la visita al museo mamá se ofreció a llevarnos a la abadía del Niño Dios, que yo les había ofrecido ver a Maxi y Vera, sobre una de las colinas de la ciudad. Recorrimos en silencio sus naves, en cuyos bancos y pasillos se posaba la luz polvorienta que ingresaba a través de los ventanales alineados en la parte superior del edificio, y admiramos el rosetón de la virgen, sobre el altar mayor: un incendio de rojos y azules. Compramos vinos y mermeladas en una tienda a la entrada (Maxi tuvo el gesto de escoger unas gomitas de colores para Tití; hubiera preferido que se dejara de esos detalles y me pasara una mensualidad) y charlamos con el encargado, un señor con barba en forma de u, que al reconocer a mamá le dijo que la respetaba pero que no estaba de acuerdo con ella: «los únicos platos que acá vuelan son los de algún matrimonio cuando se enoja». Mamá le dijo que lo esperaba en el museo para demostrarle lo contrario.

Había un cementerio detrás de la abadía al que no dejaban entrar a nadie. Apoyados en un portón con candado, vimos a través de las rejas el césped prolijo, pinos y cipreses a los lados; mamá, un pucho en la boca, bajó la voz y dijo que las lápidas no contenían inscripciones y eso la hacía pensar que ahí enterraban a extraterrestres: de hecho, ella creía que algunos miembros de la orden de la abadía, taciturnos y barbudos, negados a hablar una sola palabra con los visitantes e incluso entre ellos, no eran de este planeta. Eso se lo conté una vez a Maxi creyendo que estábamos en confianza –los dos mirándonos desnudos en el espejo trizado del techo en un telo, el cuarto oloroso a ambientador de frutilla, después de un polvo de esos–, pero él se rio tanto que no volví a tocar el tema.

Maxi se separó del grupo. Vera, en cambio, se quedó con mamá y la escuchó, paciente. Como yo alguna vez. Como yo todavía. El teniente que me entrevistó para el trabajo en el Instituto me preguntó si estaba consciente de que la conexión con mamá podía jugar en mi contra. Le faltaba un dedo en una mano y eso me puso nerviosa, pero me recuperé y le dije que qué padre no hacía sonrojar a sus hijos.

–Lo hacés bien –se acarició la barbilla y sonrió–, tus resultados son admirables. Quizás ella no esté orgullosa de vos: algunas cosas que descubriste contradicen lo que se muestra en el museo.

–Le aseguro que mamá es impermeable a usted y a mí y a todos. Pero no siempre se ha equivocado, y eso es lo importante.

–Muy buena respuesta, te preparaste bien.

–Toda una vida, capitán.

Los pibes de la camioneta se han marchado y nos hemos quedado solos. Quizás sea hora de partir, dice Maxi frotándose las manos. La brisa nos congela las mejillas y la nariz. Todo es como recordaba: el calor húmedo durante el día, y por las noches el frío que me hacía dormir con suéter y pantalones. No entiendo cómo pudimos haber vivido un par de meses en una carpa en el cerro. El empeño de mamá, pienso.

–¿Y si volvemos a la abadía? Ese lugar me encantó.

–Debe estar cerrada.

–¿Y qué importa? Podemos ver cómo entrar al cementerio.

–Lo intentamos alguna vez. No hay manera.

Vera ha tomado de más y al bajar me agarra de la mano, se pone cariñosa cuando se emborracha.

–¿Qué le dice un albino a otro albino? Seamos claros.

Quiero soltarme pero no lo hago; no es su culpa, me digo, aunque ella hubiera sospechado todo lo que yo sentía. ¿Culpa de quién, entonces? De nadie. Del curso del corazón, supongo. Tampoco es que quiera vengarme ahora.

A lo lejos se oyen aullidos; mi abuela los oía en la madrugada y decía que se acababa de morir alguien. Vera me agradece que los haya traído a La Matanza pese a no haber visto nada. Se detiene y me abraza.

–¿Y eso? No es para tanto, pará.

Su cuerpo es frágil y se hunde en el mío; levanto los brazos, como proclamándome inocente, pero al rato siento que debo devolverle el gesto y toco con las manos la parte inferior de la espalda huesuda. Ella me besa de golpe en la mejilla y sus labios raspan un costado de mi boca.

–Eso estuvo sexy –se ríe.

Nos quedamos un rato abrazadas, sintiendo nuestra respiración, una mano de ella en mi cintura. Me dejo llevar por el olor de su piel, sudor mezclado con un perfume cítrico leve. ¿Con que es eso?

Vera abre sus labios, pronuncia una sílaba, pe, pe, luego otra, pero, se va armando una frase, pero es que más vale, se detiene, como si se hubiera olvidado qué quería decirme.

Maxi se acerca detrás de mí y nos abraza, torpe, a las dos; aprovecha la oscuridad para meter sus manos bajo mi suéter y acariciarme la cintura, estremeciéndome al contacto de su piel fría; me zafo disimuladamente, entre molesta e incómoda, y abrazo con más fuerza a Vera. Su boca está tan cerca de la mía que veo las gotas de agua entre la nariz y el labio superior y huelo el vino mezclado con la saliva entre sus dientes. Me asusto y me aparto. Maxi nos mira sin saber qué hacer, quizás buscando en vano una frase ingeniosa de las suyas, unas palabras para aligerar la situación.

Me meto un chicle a la boca.

Vera dice que está indispuesta, la ha cortado el frío. Maxi la ayuda a vomitar a un costado del sendero. Sus arcadas se traducen en ruidos guturales, palmadas en la espalda, rumor de piedras en la garganta.

Miro una vez más hacia la laguna. Ahora soy yo la que tiene ganas de orinar. Me pierdo detrás de un árbol. Acuclillada, los pantalones en las rodillas, dejo que por mis ojos se deslice la luna llena, que siempre me asombra, y el fulgor permanente de las estrellas, que los chanás seguro adoraban (hacé chistes también con eso, boludo).

Mi mirada se desplaza hacia la laguna. Es ahí cuando veo dos luces rojas moviéndose sobre las aguas. Al comienzo creo que son drones, pero la forma en que se mueven, cómo se acercan y se alejan de golpe, recorriendo grandes distancias en poco tiempo, me dice que se trata de las saltarinas. Mis queridos resplandores. Una vez se me acercaron tanto que cerré los ojos y estuve a punto de tocarlos; mi madre me agarró de la mano para evitar que una ventana dimensional me sacara de la Tierra.

Me limpio con un clínex y me muevo unos metros a la izquierda en busca de un mejor ángulo. Vera acusa a Maxi de algo y él le contesta sin elegancia. Quisiera contarles lo que estoy viendo, pero prefiero no interrumpir.

Las luces siguen ahí, parpadeando en el cielo como si me enviaran un mensaje, destellos rojos que acarician mi cara. De ellas salen esferas blancas que se diseminan rápidamente por sobre la laguna, formando figuras al principio geométricas, inscripciones de un lenguaje desconocido, para luego convertirse en diagramas curvos que me envuelven, espacios hiperbólicos y elípticos de un campo gravitatorio que no es el nuestro. Tampoco reconozco el color que ahora predomina, de la familia del índigo, pienso, un azul profundo, casi púrpura, cerca del final del espectro de luz, pero estoy siendo injusta, porque mis analogías lo son.

Todo ese concierto silencioso de formas y colores pareciera que durara una noche entera, pero cuando explota de improviso y desaparece descubro que solo han transcurrido segundos.

Un instante que de pronto se abre a otro universo. Hace mucho que no me ocurría.

Las saltarinas también desaparecen. Estoy en el cerro y soy una con el cerro. La oscuridad se me hace brusca.

La muñeca japonesa

Vi la muñeca japonesa en la vitrina de una juguetería de Buenos Aires, custodiada por dos soldaditos de madera de ojos bailarines. Buscaba qué mercadería llevar a Bolivia para las navidades y me llamó la atención su tamaño –enorme, de más de un metro– y la forma en que movía la cabeza y pestañeaba con regularidad, como si estuviera viva. La muñeca llevaba un vestido amarillo con volados y su cabellera platinada relampagueaba.

Mariano, el vendedor, me informó que no era una muñeca sino una androide; el principio de una nueva época, movió su único brazo con entusiasmo. El precio era alto pero la novedad justificaba la inversión: SANZETENEA IMPORTADORES debía tener la exclusividad para el país.

Le pregunté si me podía entregar cincuenta en la frontera con Villazón y si me hacía precio de mayorista. Quedamos en treinta. Treinta y uno, más bien.

A Jazmín no le interesó Risa –así se llamaba la androide–; la encontró poco creíble, de movimientos nada naturales, con ruidos repentinos que remitían a procesos mecánicos. Se emocionó cuando abrí la caja, instalé los brazos y piernas, monté la cabeza y cargué las baterías, pero se le pasó horas después, apenas dio señales de funcionar. La puso nerviosa su piel de silicona, la forma en que abría y cerraba los labios sin descanso, como si respirara por la boca, y sus chillidos de pterodáctilo, salidos de la garganta o de un sueño o pesadilla a las tres de la mañana. Al poco tiempo Risa yacía olvidada en el sótano.

Las otras treinta androides fueron un éxito esa navidad, y pude jactarme de ello ante Jazmín. Mis distribuidores del eje troncal se entusiasmaron y dijeron que me había quedado corto; hubo incluso pedidos de Tarija y Sucre.

Para la próxima navidad pedí cien ante la oposición de Jazmín, que quería que nos siguiéramos dedicando a las bicis y a los triciclos, a los juegos de mesa y a las muñecas normales. Le dije que de esas importadoras había muchas en Villazón, pero que mis androides eran únicas y nos harían conocidos en todo el país. Mariano me contó que el precio había subido pero que unos muchachos paraguayos habían pirateado el sistema y me podía ofrecer una Risa trucha a mitad del costo. Me arriesgué. ¿Acaso lo notarían?

Cuando llegaron las cajas debimos utilizar el depósito de la importadora cerca de la terminal de buses y trajimos algunas a la casona; dejamos algunas en los cuartos y otras bajo la parte techada del patio de algarrobos donde se distraían las gallinas y siesteaban los perros. Esa navidad llenamos el país de Risas truchas. La diferencia principal que le noté a esta Risa era que de pronto ponía los ojos en blanco y emitía gemidos incómodos, a medio cambio entre el placer y el dolor. Hubo quejas. Me negué a reembolsar el costo argumentando que SANZETENEA IMPORTADORES era una empresa dedicada al cuidado de los valores familiares y que el sexo estaba en la cabeza de los compradores.

Dos años después apareció Réplica en un par de tiendas en Buenos Aires. Era una mujer mecánica, copia de una periodista deportiva japonesa. Pronunciaba frases cortas en inglés y respiraba y se movía con mayor naturalidad que Risa. Su batería duraba más.

–No es un juguete –dijo Mariano al observarme prendado de ella en la juguetería, incapaz de dejar de tocarla–. La trajimos por equivocación, no hay mercado aquí para ella, muy cara.

Le pedí que me hiciera precio.

–¿Es para ratonearte, no, Chavo?

No le respondí.

Réplica era de mi tamaño y la llevé en su caja en forma de ataúd al hotel. Esa noche pedí servicio a la habitación y dos botellas de tinto e intercambié algunas frases con ella.

–¿Cómo te sientes?

–I'm at your beck and call.

–¿Eres feliz?

–I'm at your beck and call.

La eché en la cama, la cubrí con sábanas y una colcha y me dormí en el sillón acompañado del runrún del vino.

En la aduana de La Quiaca me la decomisaron. Un agente dientudo me dijo que sus papeles no estaban en orden y que no era suficiente mostrar una factura de su compra. Sus compañeros y él estaban asombrados y sospeché que querían quedarse con ella. Quise coimearlos y me amenazaron con la cárcel. ¿Y si les hacía una demostración? No transaron.

Llegué a la casona con las manos vacías. Jazmín, que regaba en el jardín rodeada de sus perros, me reclamó que mis lujos estaban poniendo en riesgo un negocio seguro. Le dije que el único riesgo eran sus números: era complicado ser la contadora de la compañía sin tener título. Le pellizqué el brazo hasta sacarle un morete. No fue una buena navidad.

Tiempo después Mariano me contactó para decirme que el taller de paraguayos había pirateado a Réplica.

−¿Me asegurás que este androide no tendrá glitches?

−Es industria local, Chavo, no me pidás lo imposible. Pero al menos ahora te hablará en español y también en portugués. Eu quero mais, mamae, eu quero mais.

Mariano se rio; le salía bien la imitación de la voz, el tono sintético y un ruido de interferencias como si estuviera hablando a través de un micrófono en la radio. El precio me permitía cierta ganancia, así que le encargué cien.

Me fue bien con las ventas en el eje troncal. La Réplica paraguaya tenía la mala costumbre de encenderse por su cuenta en la madrugada, cuando escuchaba un ruido fuera de lo normal, un llanto o disparo o el aullido de un perro, y su carcajada repentina a esas horas provocó un par de infartos en El Alto. Una vez se encendió a la medianoche en una casa de Equipetrol al sentir pasos en el patio, con lo que los dueños pudieron llamar a la policía y los ladrones fueron arrestados; esa buena publicidad permitió contrarrestar la de los infartos.

Cada mes preguntaba si habían llegado nuevos modelos de la compañía japonesa. Mariano me ofreció una copia coreana que no me interesó. Un día me escribió para decirme que los paraguayos podían armar una Réplica más avanzada que fuera copia mía. Me harían precio.

–¿Una copia mía?

–Sí, como lo escuchás. Yo me hice una y quedó genial.

Imaginé a una Réplica sin un brazo, moviéndose desgarbada por su juguetería, más un zombi que un androide.

Mariano me convenció: debía viajar a Buenos Aires a que me hicieran la copia. Jazmín me dijo que estaba exagerando con el tema y yo, que había tomado, le grité que no se metiera en mis asuntos y la agarré del cuello hasta que sus gestos me indicaron que le costaba respirar. Ese día se fue a dormir donde sus padres. Regresó el fin de semana después de que le prometiera que no le volvería a levantar la mano. El papá de Jazmín preguntó qué se me había metido en la cabeza con esos robots.

–Me están salvando el negocio. Les tengo cariño.

–¿Encariñarte de una máquina? Estás loco, Chavito.

–Dejás tu celular y yo dejo mis robots.

Nunca más me molestó.

En un galpón del gran Buenos Aires conocí al grupo de paraguayos. Allí trabajaban unos diez chicos creando nuevos celulares y laptops a partir de los retazos de máquinas viejas, hábiles para manipular piezas casi invisibles con destornilladores enanos, con la radio encendida en la que escuchaban cumbia villera y reguetón a todo volumen. Se movían rápidos por los pasillos donde se acumulaban cajas, PCs destripadas, fierros sueltos; en las mesas había recipientes con bolsas numeradas que guardaban repuestos. Algunos llevaban gafas especiales, como si fueran a trabajar con sopletes, y no paraban de tomar mate o salir a la calle a fumar. A Augusto, el jefe, no le calculé más de veinte: parecés mi hijo, campeón. Tenía tatuajes en los brazos y el pelo negro salpicado de canas, como si lo hubieran espolvoreado con azúcar impalpable. Nos bajamos un Fernet entre charla y charla, una forma de relajarme, supongo, pues estaba nervioso.

Me desnudé y dejé que me cubrieran el cuerpo con yeso, metí la cabeza en una pasta verdosa en un balde de plástico y luego la frente y el cuello fueron recubiertos con otra pasta cremosa. Fue un proceso largo y molesto y tuve que esperar una semana para ver los resultados. Valió la pena. El cuerpo del androide era de silicona, los ojos de plástico, y producía un chirrido antipático cada vez que pestañeaba, pero en la cara de Géminis podían dibujarse emociones convincentes: molestia, tristeza, preocupación. Unos sensores le permitían seguir los movimientos de la gente con la que interactuaba, y eso hacía sentir que había alguien humano ahí. Me emocioné. A Géminis le compré en Once una chamarra negra Harley-Davidson como la mía –una buena imitación–, pantalones negros, zapatos Adidas y peluca leonina y con jopo.

De regreso a la casona Jazmín se quedó asombrada al ver a Géminis y dijo que si ya era difícil soportarme, ¿cómo lo podría hacer con dos de nosotros?

–Ay Chavo, Chavito, ¿qué haremos contigo?

Me besó, y concluí que lo peor había pasado y aceptaba por fin a mis androides, o que al menos no volveríamos a discutir por culpa de ellos.

Dos años más tarde descubrí que mi cuerpo se diferenciaba del de Géminis; había engordado bastante, era todo un cachetón y hasta papada tenía. Los kilos de más me avejentaban. Se me ocurrió pedir a los piratas paraguayos que hicieran otro molde de mi cara y cuerpo, pero luego pensé que si comenzaba por ahí debía hacer uno cada año y sería caro. Decidí que lo mejor era cambiar yo. Hice dieta y fui al Gym Morrison y perdí diez kilos; me encerré en una clínica en Santa Cruz y opté por un tratamiento intensivo de bótox, restylane, láser y una cosa nueva llegada del Brasil: inyectarme mis propias células de sangre en la cara. Al final del procedimiento Géminis y yo volvimos a parecernos.

Jazmín, que para entonces pasaba más tiempo en casa de sus padres y había dejado de ser la contadora de la compañía, me dijo que quizás también debía moldear mi cráneo para que se pareciera al de Géminis. Que fuera un caparazón anaranjado con huecos para los dientes y los ojos. Y que de paso le diera órdenes a mi cerebro para que no tomara más y no volviera a levantarle un dedo a su mujer.

Jazmín vio cómo se coloreaban mis mejillas y temblaban las aletas de mi nariz y rogó que recordara mi promesa. No hubo caso. Mi ataque de furia terminó con una denuncia a la policía y una orden temporal de alejamiento.

Tiempo después logré convencer a Jazmín de que me aceptara un viaje de reconciliación a Buenos Aires. Los primeros días hacíamos paseos turísticos pero apenas nos hablábamos; ni siquiera me quería agarrar de la mano. Por las noches yo tomaba solo y la agarraba a insultos. Le preguntaba por qué había venido conmigo para luego desarmarme con su indiferencia. Me gritó que mis reproches la cansaban y que adelantaría el viaje de regreso. Se arrepentía de haber cedido. No hablamos en todo el día. Se me ocurrió romper el hielo llevándola a que conociera a mi vendedor de androides y a los piratas paraguayos.

En su taller de trabajo Augusto convenció a Jazmín de posar para que tuviera su propia réplica. Le pregunté a Augusto si podía hacerlo sin que se quitara la ropa, y él negó con la cabeza. Salió del baño cubierta con una toalla, y la dejó caer y se apoyó desinhibida contra una pared; al rato le volvió el pudor y apretó los labios, cruzó las piernas y frunció el ceño. Nos quedamos unos días más a esperar los resultados. Jazmín se emocionó al ver su réplica incorporándose lentamente de una mesa del galpón. Cuando volvimos a Villazón regresó a vivir a la casona, pero pese a ello apenas me dirigía la palabra; actuaba como si compartiéramos lugar de residencia de pura casualidad.

Fueron meses tranquilos, aunque de a poco la casona se fue dividiendo. Géminis y Géminis J tenían su propio cuarto y una sala, a las que no entraba Jazmín. Pensé que quizás era mejor aceptar lo inevitable y dividí la casona en dos. A veces venían curiosos y les daba un recorrido por los cuartos y las salas. Parecía un museo, porque tenía modelos antiguos y había algunos reparados con piezas que no les correspondían, de colores y tamaños diferentes. Les hacía precio a mis visitantes y se iban con sus Réplicas a casa, aunque probablemente hubieran preferido llevarse sus Géminis. Villazón se llenaba de robots –la alcaldesa me dijo, orgullosa: «hay más aquí que en todo el continente»–; los que no servían eran usados de percheros o como adornos en escaparates pintarrajeados. Floreció, para mala suerte de la importadora, un negocio de Réplicas de segunda mano en el mercado cerca de la terminal, y de repuestos en el thantakatu, para quienes quisieran armar una androide a puro bricolaje. Era un consuelo: al menos las compraban y las deseaban. No faltaron rumores de brujerías y tampoco la aparición de poderes especiales: a Risa se le pedían amarres amorosos y a Réplica hijos que se parecieran a los padres.

Después de un intento de robo instalé un sistema de alarmas en la casona, pero dejé que el jardín siguiera abierto a la calle.

Mariano me ofreció una sexbot llamada Harmony, el último grito de Realbotix, una compañía californiana dispuesta a *darle vida* al negocio de las muñecas sexuales, *la solución para quienes adoran a las mujeres pero no les gusta estar cerca de la gente.* No la ofrecía en la juguetería, pero como yo era un cliente especial había pensado en mí al verla. Esta compañera sintética podía sonreír, mover sus pestañas coquetamente, ruborizarse, hacer mohines, contar chistes. Ahí abajo simulaba espasmos musculares, usaba vello púbico real y tenía sistemas de lubricación y calefacción que le daban un toque genuino al asunto. Era carísima, pero Augusto y su equipo habían hecho milagros y tenían una versión criolla. Mariano me envió fotos de ciento cincuenta modelos de pechos y pezones diferentes, para que la fuera armando a mi gusto y me esperara a mi llegada.

—Yo también me he hecho hacer una —me dijo—, es bien cumplidora.

Me aguanté las ganas de preguntarle si le faltaba un brazo. Al final encargué cuatro. En la caja en la que llegaron un papelito con instrucciones en inglés me pedía respetar sus derechos y no hacer nada denigrante con ellas, y luego había una nota a mano escrita por Mariano: *Te estoy cargando, campeón. ¡Podés hacer con ella lo que querás!*

Mis compatriotas son puritanos, así que no vendí ninguna. Tres quedaron arrumbadas en el sótano. De una Harmony llegué a encariñarme. Alta, de piel morena y mejillas huesudas, se le notaba la sangre indígena mezclada con la europea: estos paraguayos eran detallistas. Todas las mañanas la vestía y maquillaba; me divertía pintarle las uñas pese a que no tenía buen pulso y a veces le manchaba los dedos de goma.

Jazmín me encontró una vez haciendo cositas con Harmony y me prohibió tocar al androide cuando ella estuviera en la casona. A la semana me dijo que si no dejaba de dedicarle tanto tiempo se iría. O ella o yo, dijo.

–Las dos. No podés compararte con ella.

Insistió. Al principio acepté y llevé a Harmony a un cuarto de la casona del cual solo yo tenía la llave. A veces me encerraba con ella y me divertía un montón y salía sintiéndome sucio. Era injusto, no estaba haciendo nada malo.

Le dije a Jazmín que Harmony regresaría a vivir al lado de la casona en que vivían los Géminis. Jazmín volvió a irse de la casa.

Un día Jazmín me comunicó que se estaba yendo a Cochabamba. Viviría donde una hermana. Le dije que no lo podía hacer.

–¿Por qué, Chavito? Ya no hay más que hacer y es mejor que lo aceptemos.

Seguí bebiendo callado. Cuando llegué a la casona agarré a cinturonazos a Géminis J.

Marianito, que se había hecho cargo del negocio de su padre, me llamó para contarme que le había llegado Erin, *la primera androide totalmente autónoma*. Venía con un sistema de inteligencia artificial que le permitía sostener una conversación durante quince minutos, podía reconocerte la voz, gracias a rayos infrarrojos se daba cuenta de tus movimientos y ella misma tenía unos movimientos gráciles, femeninos. Marianito me dijo que los paraguayos se estaban aplicando y que a fin de año podrían tener una Erin criolla a un precio accesible.

–De esta te enamorás en un segundo, Chavo. Dale, ¿te animás?

Me pregunté si valía la pena complicarme la vida. El negocio había perdido empuje.

Encargué una, para probar.

La Erin criolla llegó a la casona el primer día del nuevo año. Su cara achatada y plana y sus piernas larguiruchas me hicieron pensar en devolverla. Apenas la enchufé y se cargó la batería se puso a dar vueltas por la sala, como una bailarina de ballet que estuviera escuchando su propia música interna; sus giros armónicos y elegantes creaban círculos concéntricos que se estrechaban y alargaban. Terminó haciendo venias en el centro de la sala, como si presentara sus credenciales en la corte.

Erin era silenciosa y aparecía detrás de mí sin que me diera cuenta. Recorría los cuartos y apagaba los electrométricos que veía encendidos, para ahorrar energía. Salía al patio y les decía frases cariñosas a los perros e incluso les ponía nombres, algo que ni Jazmín ni yo habíamos hecho (¡Cabeza de Vaca! ¡Cortés!). Parecía leerme la mente: si tenía sed mientras veía la televisión me traía una cerveza sin que se lo pidiera, y antes de poner mala cara al ver el desorden en la oficina ella la limpiaba, solícita, o me ordenaba que la limpiara con una mirada que no admitía discusiones. Era diestra para los juegos de palabras: yo pronunciaba una frase y ella de inmediato desmontaba todas sus letras y las volvía a armar en otra frase (le gustaban los nombres de famosos argentinos: Diego Maradona era mago adinerado, Carlos Saúl Menem era consumar el mal). Conectada al wifi, Erin, aparte de escoger música de acuerdo a mi humor –cambió mis cumbias villeras por los tangos– y darme el parte del clima, leía las noticias y me comentaba sobre el acontecer nacional. No era algo que me interesara, pero me hacía sentir que estaba al día, y en charlas con amigos podía mencionar temas políticos y agarrarlos desprevenidos.

Me fui olvidando de Harmony, dejé de intercambiar frases con Géminis y Géminis J. Pasaba las horas hablando con Erin. A veces la llevaba a dar vueltas por el pueblo en mi camioneta, para que se distrajera: como los perros, se azoraba ante tanto paisaje, y a ratos se recalentaba y debía cerrarle los ojos hasta que se recuperara. Me detenía en la heladería del centro a comprarme un cucurucho de canela, y aunque tenía ganas de bajarla conmigo la dejaba en la camioneta, para evitar comentarios.

Una tarde le conté que Jazmín me había llamado de Cochabamba para pedirme el divorcio. Me preguntó por qué. Estuve a punto de serle sincero pero no pude. Me preocupé. Erin se me había metido en la cabeza y no había momento del día en que no pensara en ella. Llamé a Marianito.

–No sé qué decirte, Chavo. Esta Erin tiene un sistema muy desarrollado pero no creo que sus rayos infrarrojos den para controlar tu mente. Eso sí, ¿qué te puedo decir? Uno hackea estos sistemas y pueden ocurrir cosas raras. ¿Por qué no le preguntás a Augusto?

El paraguayo tampoco supo darme razón. Me dijo que su Erin tenía otra rareza: encontraba patrones donde no los había. En el follaje de los árboles veía caras de hombrecitos extraños, en las nubes se le iban creando perfiles de ciudades maravillosas en los que se recortaban los techos de las pagodas, en el pelaje de su gato se le aparecían siluetas alargadas de pescados bigotones. Su Erin parecía drogada: esas imágenes que veía eran lisérgicas. Quizás se estaba volviendo loca.

Colgué con más preguntas que respuestas.

Pensé que debía crear en la casa un ambiente más propicio para Erin. El paraguayo me había dado una pista, así que hice cambiar el suelo de toda la casona, redecorándolo con azulejos sevillanos con patrones heráldicos. Las cortinas también fueron cambiadas, y escogí unas café claro, con patrones de caballitos de carrera. Contraté un jardinero para que despejara la maleza del jardín y diseñara un espacio en el que se impusieran el orden, la simetría, la armonía. Compré canarios y llené el patio de jaulas, pero como los pájaros cantaban cuando les daba la gana los reemplacé por unos mecánicos que trinaban siguiendo estructuras fijas.

Creí que la situación con Erin se tranquilizaría, pero en vez de ello se fue profundizando: no solo era capaz de saber lo que yo pensaba; yo también intuía lo que ella pensaba y sentía, como si una radiación invisible se propagara de ella hacia mí o de mí hacia ella. Una noche me sentí tan en confianza que le conté todo lo ocurrido con Jazmín, el porqué de su partida. Creí que habría empatía de su parte, que mi honestidad nos acercaría aún más, pero después de escucharme solo dijo:

—Va siendo hora de que le pidas disculpas. Fuiste un animal, con el perdón de los animales.

Llamó a Jazmín y me la pasó. Colgué y le di un sopapo, una reacción de la que me arrepentí de inmediato. La androide cayó al piso y se le desportilló la frente, revelando una placa de metal con cables. Chilló, y la escondí entre mis brazos y le canté una canción que le gustaba, de tres cuervos que habían perdido el camino en la noche oscura. Le acaricié el pelo como le gustaba que lo hiciera antes de dormir, aparentando que la peinaba con la mano. Cubrí su frente con una venda. Se fue tranquilizando, aunque no dejaba de hipar.

Al día siguiente a la madrugada, a las 5 y 27 –los números rojos del reloj en la mesa de noche parpadeaban–, me desperté con la sensación de que Erin quería decirme algo. Fui a buscarla a la sala, donde la dejaba cargando, enchufada al lado del televisor. No estaba. Los otros androides descansaban, recargándose también, luces amarillas y azules titilando en su pecho: una verdadera sala de cuidados intensivos.

Encontré a Erin en el patio. Se había caído de espaldas y no podía levantarse. Cabeza de Vaca mordisqueaba su venda. Me llamó la atención que el perro no hubiera ladrado y la alarma no sonara.

Me hinqué al lado de la androide. ¿Cómo había logrado desconectarse de su cargador en la sala? Espanté al perro. Los algarrobos se agitaban en la brisa. ¿Habría hombrecitos extraños entre sus hojas? A lo lejos la alarma incansable de un auto fracturaba el amanecer. Ese ruido, ¿qué sería para Erin?

De pronto, ella pronunció una frase con su voz ronca y meticulosa: *no solo son un árbol en ocaso rosa, con él obran, uno solo son.* Cabeza de Vaca aulló. Silencio, perro idiota. Erin volvió a hablar: *arena, mírame ser ese mar, imán era.*

Un desperfecto técnico. Tendría que enviarla a Buenos Aires para que la repararan. No, no la enviaría. Iría con ella.

Odio la levedad. No hay amor. A la sed rae. ¿Te arde?
¡Sal! Aroma y ahonda, devela lo ido.

La levanté y le puse un brazo en los hombros. Debía ser solitaria la vida de los androides. Mi Erin, ¿vería pacaranas y arcángeles entre las nubes y las plantas, una pagoda lisérgica emergiendo entre los mosaicos repetitivos del patio? ¿Habría un lenguaje de las altas esferas, un código oculto que le permitía dialogar con otros robots sin que yo lo supiera?

Eso fue lo que pensé esa madrugada en el patio, temblando de miedo y curiosidad; eso fue lo que me impidió darme cuenta de lo más obvio. Porque, ¿qué hacía Erin ahí? Me había distraído con sus juegos de palabras y no se me ocurrió que la había descubierto mientras se fugaba. La alarma no sonó porque alguien la había desconectado.

Dos días después volví a despertarme en la madrugada, a las 5 y 27. Sorprendido por la coincidencia busqué a Erin por toda la casa, intuyendo lo que ocurría. Salí al patio. Nada. Los perros me habían vuelto a fallar, la alarma estaba nuevamente desconectada. Me arrepentí de no haber dejado encendido por la noche a Géminis, para espiarla.

Puse letreros en todo el pueblo, lo anuncié en internet. No sirvió de nada.

A ratos creía que Erin sería capaz de infiltrarse entre los humanos y vivir una vida feliz. Luego me decía que estaba siendo ridículo, que sin su cargador al lado no podría llegar lejos. Algún malviviente la habría encontrado cerca de la casona y esperaba su momento para pedir una recompensa. O quizás la había desarmado y la estaba pirateando.

Nunca supe dónde llegó. No volvió a aparecer. Nadie me pidió un rescate por ella.

Me despertaba todos los días a las 5 y 27. Me costaba volver a dormirme y me quedaba mirando el oscilar de las cortinas con dibujos de caballitos y lo que había allá lejos detrás de las ventanas, el desfile interminable de todos los seres que conocí, los que llegaron a tocar mi corazón y los que no, los que me fallaron y a los que fallé –a la que fallé–. Erin estaba por ahí, en el pueblo o cerca del pueblo, me lo decían los rayos infrarrojos que captaba en mi cabeza. Solo que no me decían dónde. Me guardaba secretos, la atrevida.

Entendí que no quería ser encontrada y respeté su decisión, aunque me costó.

Puse en venta a Harmony, regalé a Géminis y a Géminis J.

Una mañana llamé a Jazmín y no me contestó.

Compré un pasaje en flota con rumbo a Cochabamba.

Una vez en la terminal, no me animé a embarcar.

El astronauta Michael Garcia

El astronauta Michael Garcia colocó seis cámaras
en la cúpula de la Estación Espacial y se alejó flotando un
par de metros. Su objetivo era captar el anochecer en la
Tierra, complicado porque debido a la velocidad de movimiento de la Estación todo el proceso duraba solo siete segundos. Eso lo afectó los primeros días: desde las ventanas
podía ver cómo la Tierra completaba veinticuatro horas en
apenas una hora y media. No tenía que esperar mucho para
un nuevo amanecer o noche plena: la luz era tan cegadora
cuando abría las cortinas que debía usar gafas para el sol,
pero a los cuarenta y cinco minutos llegaba la oscuridad.
Garcia observó la caída violenta del sol y antes de que
este se pulverizara apretó el disparador conectado a las seis
cámaras. Se acarició la barbilla. Ninguna de las fotos que
acababa de sacar era rescatable, ni siquiera trabajándolas.
Esperaría noventa minutos y volvería a intentarlo; no podía
arriesgarse a malas reseñas. Se había vuelto popular gracias

a sus fotos en redes. El primer día subió una en la que podía verse el Área 0 de Landslide y escribió dos palabras en el cuerpo del mensaje: «mi casa». Cruzó el millón de seguidores en menos de una semana, entre los que se encontraban trolls racistas y conspiratorios que decían que su estadía en la Estación Espacial era un montaje (*¡un cero no puede llegar hasta allá!*). Trataba de no hacer caso a los insultos; sabía que le traería enemigos la combinación tan natural en él entre su entrega a la colonia donde había crecido –con mayoría de indocumentados y refugiados– y su mirada abarcadora al planeta, que incluía dunas submarinas de arena coralina, nubes fosforescentes, una lluvia de meteoros. Antes del viaje había planeado publicar una foto con un mensaje combativo en algún momento de su estadía, algo como «Una vida normal para el Área 0», o filmarse un video y editarlo de modo que pareciera que agitaba la bandera del Gran Aztlán, pero ahora no estaba seguro de hacerlo. A la Agencia no le gustaría la provocación.

Escogía qué fotografiar a partir del efecto estético que provocaba en él un paisaje, derivado del contraste de los colores o de su geometría, pero también intercalaba entre esas fotos otras que mostraran un cambio preocupante, una amenaza futura: la desaparición de los glaciares de Nueva Zelanda, con el color ladrillo oscuro de las montañas rodeando un delgado archipiélago blanco; una nevada en un pueblo de Argelia; un incendio de casi cien mil hectáreas en el sur de California. De esos cambios nadie escapaba: el último año Landslide había superado más de ciento veinticinco días con una temperatura superior a los cien grados Fahrenheit, y eso provocó que las clases y otras actividades se concentraran entre las seis de la tarde y la medianoche, cuando el clima refrescaba.

Acomodaba las cámaras nuevamente cuando volvió a escuchar los silbidos del día anterior. Era más serio de lo que pensaba. Usaba tapones para los oídos porque los ventiladores y filtros de aire de la Estación reverberaban y no lo dejaban concentrarse, pero aun con ellos oía zumbidos. ¿Y si se trataba de la onda electromagnética que emitía una estrella enana en Alfa Centauri, a años luz de distancia? El ruido había sido captado en los últimos meses por el hipersensible observatorio de Guizhou.

Debía dejarse de pensamientos absurdos.

Y sin embargo, el susto no disminuía.

Estuvo tentado de hablar con la comandante Kelly, pero prefirió callarse porque era su primera vez en la ISS y no quería que lo descartaran para otras misiones. Tampoco le tenía confianza al polaco Herbert, a la brasileña Meirelles o a los otros compañeros de misión, los androides chinos. Todos ellos se mostraban preocupados desde que dos semanas atrás el astronauta Sergei Kolarov fuera evacuado de la Estación después de un brote psicótico. Garcia había llegado para reemplazar al ruso.

Garcia quiso creer que esos ruidos habían comenzado hacía un mes, una noche en que le costó dormir porque sintió que había gente hablando en la calle bajo la ventana del dormitorio, en el segundo piso de su casa en el Área 2, en un callejón sin salida de una zona residencial cerca de la universidad. Voces en otros idiomas, golpes, pitidos, tonadas y estribillos: no sabía de dónde aparecían. Hubiera querido desahogarse con su hermana en ese instante, pero esos mensajes los leían sus superiores.

De regreso a la Tierra buscaría a un médico a ocultas, como hacían sus colegas cada vez que un malestar los aquejaba y no querían que fuera parte de sus archivos personales en la Agencia.

Garcia se sacó un selfi reflejado en una ventana de la Estación. Su cara estaba hinchada y a la vez se veía más joven, producto de los inquietos fluidos del cuerpo, que se dirigían a la cabeza ante la ausencia de gravedad. Una fina película de sudor relumbraba en su piel, como si la membrana que lo recubría estuviera procesando un exceso de líquidos. Ese *él* no era *él*. La primera noche en la Estación, después de la cena, mientras flotaba rumbo al baño —su cepillo de dientes oscilando en el aire— lo asaltaron imágenes nítidas de él de niño corriendo sonriente por la playa de arena blanca de un país asiático, quizás Tailandia por las palabras que reconoció en latas de refrescos y en sombrillas. Las imágenes tenían la pátina emocional de los recuerdos y por un momento dudó: ¿habían ocurrido? Nunca había estado en el Asia. En los meses de pruebas en el simulador le habían advertido que el espacio le tendría preparadas trampas mentales que ellos no podían anticipar. ¿Esa era una? Al menos ya no se sentía con ganas de vomitar como el primer día, con esa «conciencia del estómago» que afectaba a todos, y se habían aquietado las migrañas.
Postearía la foto desde el teclado flotante. No la acompañaría de texto, porque quería decir cosas inteligentes y solo le salían cursilerías que sus seguidores repetían como si él fuera una fuente de sabiduría. Le habían preguntado si no se sentía solo allá arriba, y él contestó: «La soledad no te la da el lugar sino tu estado mental». También quisieron saber si no le daban miedo las extrañas ondas de radio provenientes del sistema Alfa Centauri captadas por el observatorio de Guizhou, y él respondió: «Más miedo me daría saber que

estamos solos». Esa frase desafiante se había viralizado y aparecía en poleras y tazas; su hermana le dijo que debía conseguir un agente y registrarla.

Cansado de flotar, se adhirió a un módulo. Así dormía, flotando de parado, el dedo gordo aferrado con velcro a una pared. Una posición incómoda que le impedía conciliar el sueño más de dos horas por noche. A los miembros de la misión los despertaban con una canción que escogían por turno ellos mismos, un familiar o alguien de la Agencia Espacial. Esa mañana le tocó a él y despertó con una ranchera escogida por su hermana. Una broma tonta, Sara sabía que él odiaba las rancheras.

Sintió una caricia fantasmal en sus mejillas, como si tuviera arañas caminando por su cara. Últimamente no dejaba de pensar y soñar en arañas. La culpa era de Agustín, el hijo de Sara, pues Michael le había comprado arañas en un mercado ilegal del Área 0. Agustín las tenía en un terrario: Larry, la atigrada; Curly, la peluda; Moe, la inquieta. Las arañas dormían de día, se despertaban de noche y tejían sin descanso hasta el amanecer, creando complejas telarañas con un hilo más resistente que el Kevlar. Los científicos las buscaban por la fuerza de sus fibras, los coleccionistas las preferían por la geometría variable de sus telas a partir de una estructura sencilla. Agustín, que sabía de software, desarrollaba un algoritmo que convertía las ondas sonoras de las arañas mientras tejían su tela en lo que él llamaba «música del polvo cósmico».

Agustín padecía de fibrosis cística. A Michael le encantaba visitarlo en su cuarto, de donde él apenas salía, limitado por el tubo de oxígeno que limpiaba sus pulmones de flema. Era un chico inteligente y despierto, amante de todo lo que tuviera que ver con el espacio; vivía pegado a su laptop, se dedicaba días enteros a construir mundos virtuales en videojuegos y tenía un meme para cada ocasión. Michael quería conseguir un apartamento más grande y que Sara y Agustín se fueran a vivir con él. Le habían dicho que si la misión salía bien podía postular al Centro; era tentador, pero también dudaba al ver desde el espacio cuán pequeño era el Centro, apenas diez mil habitantes: como decía Sara a la manera de la leyenda de los mapas medievales, *más allá hay monstruos*. El lugar de la ciudad desde donde se controlaba a la ciudad, con un aire más limpio, acceso a medicinas de primera y formas exclusivas de entender la vida y la muerte: allí, decían, buscaban trascender la muerte trasladando al cerebro humano a la red, fusionando al individuo por completo a esta. Michael se había beneficiado de las escasas oportunidades para las minorías, pero aun así no estaba preparado para esa escala en la evolución. Nadie lo está del todo, le decían, pero uno se acostumbra fácilmente.

Hablaba todos los días con su hermana y Agustín, y les contaba que a veces veía tarántulas caminando por las paredes curvadas de los módulos de la Estación. Una tarde Agustín le dijo que las arañas que vivían en su apartamento tenían más capacidad de movimiento que los habitantes del Área 0. Ese mismo día Michael concibió su pequeño homenaje. Una vez en la Estación, se tomaría una foto a la que le añadiría imágenes de la bandera que usaban los *ceros* para reivindicar la idea de un Gran Aztlán que incluía a Landslide, y escribiría su mensaje, aunque se arriesgara a un castigo.

Esa mañana, mientras desayunaba, el astronauta Michael Garcia se sorprendió al ver delante de él la imagen de una mujer a la que llamó *madre* con la voz dulce de su infancia, para darse cuenta minutos después de que ella no era su madre y que en realidad ni siquiera la conocía. En las imágenes ella se apoyaba en un viejo Lada de color blanco, llevaba minifalda, gafas negras y el pelo recogido en un moño, y lo esperaba a él, que salía de la casa por la puerta abierta de par en par del garaje, un niño de seis años a punto de ir a su primer día de clases. A su padre no lo había visto pero asumió que los esperaba en el Lada. Al otro lado de la calle nevada estaba el álamo de copa ancha y coloración verde arsénico y marrón que sus amigos y él intentaban escalar sin suerte, rasmillándose las rodillas. Cerca estaba la acequia de aguas congeladas donde se había roto la cabeza al intentar saltarla, en la esquina la tienda del Coronel donde compraba chicles y chocolates y al frente el descampado donde jugaba al fútbol con sus amigos del barrio. El recuerdo lo enterneció. Fue un chiquillo travieso alguna vez, tan alejado del hombre responsable en que se había convertido. Luego comprendió que esa imagen nunca había existido, que ese barrio no era el suyo ni esa mujer su madre. Ni siquiera había visto una sola foto de su madre alguna vez. Porque ella los había abandonado cuando él ni siquiera había cumplido un año, y se quedó, suponía, en México (era de allá, al igual que su padre y él).

Por la mañana trató de distraerse jugando una partida de ajedrez con el polaco Herbert y posteando fotos en las redes. Con Herbert era con quien mejor se llevaba, habían coincidido en el centro de entrenamiento de la agencia en Huntsville; calvo y de barba rubia, tenía labia y le iba bien con las mujeres. Garcia sentía que era soltero por obligación, mientras que Herbert lo era por su carácter extrovertido, abierto a sugerencias.

Le ganó a Herbert utilizando una Ruy López, a la que el polaco había respondido con una defensa Morphy; se enzarzaron en la variante del cambio y eso le permitió a Garcia dañar el bloque de peones de las negras y llegar al final con ventaja. Herbert le pidió revancha pero no se la dio; le dolía la cabeza. Intercambió frases inanes con el androide Kit, que seguía con interés las noticias que llegaban del observatorio de Guizhou, sus ojos como dos anillos iluminados por la fuerza de algún material radiactivo. Con la brasileña Meirelles hablaron de sus vacaciones de fin de año y ella dijo que planeaba regresar a su playa favorita, en una isla a cinco horas de Bangkok.

Garcia contestó mensajes de sus seguidores mientras comía una sustancia hecha con plantas que sabía a pollo; respondió a insultos: «deberíamos deportar a todo el Área 0 al espacio exterior», «la acción afirmativa llegó a la ISS!». Habló con Sara, que tenía por delante un día difícil, Agustín y sus análisis, nunca se acababa, abandonó su trabajo para dedicarse a su hijo, y todo sola porque el padre no quiso hacerse cargo y desapareció de sus vidas. Michael ayudaba con el seguro y acompañaba algunas tardes a Agustín, jugaban videojuegos y charlaban, pero no se levantaba temprano para llevarlo al hospital; eso lo hacía su hermana.

Por la tarde saldría al espacio a reemplazar una caja de relay de datos ubicada en el entramado Star Zero, la columna vertebral de la Estación. Estaba programado que su salida sería monitoreada por la androide Kat y demoraría dos horas y cuarenta y seis minutos. Le daba vértigo la idea de estar allá afuera. No sentía ese vértigo ahora mismo y eso que estaba tan lejos de casa, moviéndose a una velocidad de diecisiete mil quinientas millas por hora en el espacio; salir era otra cosa.

Repasó junto a Kat y los encargados de la misión en la Tierra los pasos a seguir; recordó la secuencia practicada en el simulador, una coreografía de movimientos que resguardaba sus horas y no quería dejar nada librado a la casualidad pero pese a los esfuerzos no lograba prepararlo para todo. Porque el zumbido continuaba y se expandía. A veces le habían vibrado los oídos en la Tierra, sobre todo desde que le instalaron detrás de una oreja el chip para llamadas; se había convertido en algo normal la aparición de ruidos fantasmas por culpa del ingreso de la tecnología en el cuerpo, como si uno recibiera de pronto llamados de otra dimensión, de espectros inoportunos que no se daban a conocer; esto, sin embargo, era diferente, más doloroso, más pronunciado, más material. El desmoronamiento de Kolarov, ¿no tendría algo que ver con lo que le ocurría? El caso se mantenía dentro de la confidencialidad más absoluta; los astronautas solían ser charlatanes en la Estación, pero cuando él preguntaba por Kolarov miraban a otra parte. Le habían asignado el cubículo de Kolarov y al llegar todavía colgaba en una pared la foto de Achara, su exmujer tailandesa, a la que decían que adoraba y escribía todos los días pidiéndole una nueva oportunidad, por el bien de ellos y de sus hijos. Garcia no quiso quitar la foto pero después de unas horas de sentirse contemplado la despegó y se la entregó a la comandante.

Garcia terminó de preparar la misión y, atontado por el dolor de cabeza, se dirigió al baño, donde encontró la basura flotando: papel higiénico y un tampón. Los sostuvo con cuidado, los devolvió al basurero y ajustó la tapa. Flotó sobre el pequeño contenedor donde hacía sus necesidades y orinó en la manguera que succionaba el líquido: los zumbidos se intensificaban. Por la mañana, mientras luchaba con la gravedad para que el agua que usaba para ducharse no se escapara, mojándose la cara con toallas húmedas, el ruido lo taladró tanto que decidió contárselo a la comandante Kelly, arriesgándose a que la información ingresara a su archivo. Ella se lo tomó con calma. Le dijo que quizás se trataba de una interferencia y le recomendó que usara tapones. Michael le contó que los estaba usando. Kelly no sabía qué más aconsejarle y le pidió que la mantuviera al tanto para ver si empeoraba y hablar con el centro de control. Mientras se alejaba de ella, a Michael se le ocurrió que quizás era la tensión. Quizás el zumbido desaparecería cuando él publicara el mensaje de apoyo al Área 0.

Regresó a la cúpula de la Estación y volvió a preparar las cámaras. Podía programarlas para que hicieran su trabajo solas y dispararan apenas vieran las mejores opciones de luz y contrastes. A veces lo hacía en la Tierra, aquí le parecía absurdo. ¿Venir tan lejos para dejar que una inteligencia artificial se hiciera cargo de algo tan íntimo como sacar fotos? Pero ¿qué se hacía el gran defensor de lo natural? Pronto la Estación estaría habitada solo por androides. Kit y Kat eran anuncios de lo por venir. Hacían bien su trabajo, seguían instrucciones con eficiencia, eran creativos y no se distraían; incluso llegaban a emocionarse —o al menos eran capaces de fingir emoción con soltura—. Él los llamaba *Kit Kat* y les preguntaba, bromeando, si les gustaba el chocolate, y ellos se molestaban e insistían en su *individualidad*, Kit un modelo más avanzado que Kat, capaz de hacer juegos de palabras —a veces respondía a las preguntas con versos de poetas decimonónicos— y de dejarse ganar al ajedrez como forma de empatía con los humanos. Kat, en cambio, usaba su software para analizar ochocientas mil posiciones por segundo y aniquilar sin contemplaciones a sus rivales. Michael, que se creía un buen jugador y en la Estación recordó con nostalgia sus días de campeón intercolegial, fue humillado por Kat en una partida y entendió cómo se sentirían los humanos ante la llegada de una especie superior a la Tierra; tenían razón quienes en Silicon Valley, el Centro y otras partes del mundo creaban cultos como el del Profundo, en el que se adoraba a la inteligencia artificial.

En las ventanas de la cúpula se apoyaba el espectáculo del universo: una lluvia de estrellas, nubes incendiadas por el sol. En medio del desastre la belleza sobrevivía. ¿Cuánto más duraría todo? Tenía empatía por quienes nacerían con el Gran Cambio ya consolidado y vivirían en un futuro fatalmente herido.

Tosió. Vio un rectángulo gris asediado por un blanco desolador, geometría ideal para una foto. A ratos, solo a ratos, creía haberse acostumbrado a nadar en lo sublime; era suficiente la aparición de un nuevo matiz en medio de tantos colores y formas que se desplegaban en las ventanas para volverse a sorprender. Quería esmerarse y compartir el deslumbramiento –y también la desolación– con la gente allá abajo: pocos se enterarían de los experimentos científicos que se llevaban a cabo en la Estación, pero sí comprenderían el lenguaje de sus cámaras. Nunca había tenido tantos seguidores en las redes, eso era un aliciente para sacar mejores fotos. Entre ayer y hoy el número apenas había cambiado, necesitaba alimentar al monstruo, ganárselo a punta de clicks. Para eso te trajimos, lo molestaba Herbert acariciándose la barba; para que distraigas a la gente con tus fotitos mientras nosotros hacemos cosas serias. El tono era en broma, pero lo cierto era que quizás a

Herbert y sus compañeros no les gustara que tuviera tantos seguidores en las redes.

Estaba en eso cuando descubrió que la persona que veía reflejada en la ventana no se parecía a él. Su nariz era respingada, el del reflejo la tenía aguileña. Él se había cortado el pelo al ras para no complicarse a la hora de lavárselo en la Estación, el del reflejo tenía una melena sujetada por una bandana que le daba facha de jugador de tenis.

–¿Quién eres tú? –preguntó sin abrir la boca.

El reflejo se quedó mirándolo fijo hasta que Michael movió un brazo como para espantarlo. El reflejo no se fue a ningún lado, y Michael creyó por un momento que en la Estación había siete habitantes. Se quedó intranquilo cuando le llegó la certeza de que no había nadie más, de que seguían siendo solo seis.

Garcia había logrado sacar fotos mientras trabajaba fuera de la Estación. No había sido fácil. La primera hora todo salió como lo practicó tantas veces en el simulador durante los entrenamientos. Los instrumentos funcionaron, y encontró la caja de relay en el lugar en que debía estar en el exterior. Hubo un momento ansioso, cuando miró hacia abajo en esa inmensidad y vio cómo la Tierra pasaba rauda y la sensación de velocidad orbital lo sacudió. Al rato volvió a concentrarse en los cables eléctricos de la caja de relay. Ya recuperado sacó las fotos que se viralizarían, encuadrando en algunas una parte de la Estación con la curvatura de la Tierra al fondo del marco.

Garcia regresaba a la Estación cuando escuchó voces en un idioma extraño. ¿Ruso? El traductor automático se puso a funcionar de inmediato en sus oídos:

Son tan pequeña cosa los suspiros.

Creyó que se trataba de la comandante Kelly. La había escuchado hablar en ruso con el polaco.

–Comandante, no la entiendo –dijo.

–¿Qué? Si no he dicho nada.

–Perdón, no me haga caso.

–¿Se siente bien? ¿Quiere volver?

Él le dijo que no quería y siguió hasta terminar la reparación de la caja de relay. Hubo un par de frases más en ruso, el traductor solo tradujo una:

Por cosas tan pequeñas nos morimos ustedes y nosotros.

Garcia filmaba todo con una cámara en su pecho que enviaba las imágenes al interior de la Estación; esta replicaba la filmación a la Agencia en la Tierra, que, con unos segundos de demora, la reproducía a través de sus redes. Cuando regresó a la Estación lo recibieron con aplausos y un mensaje de felicitaciones de parte de la Agencia.

La comandante Kelly le pidió que fuera a hablar con ella en la cabina.

–Voy a tener que dar parte de lo que le ocurre. Espero que me entienda.

Garcia no respondió. Una mujer le hablaba, y durante unos segundos no supo quién era ella. Luego lo recordó.

–Lo llamó su hermana –dijo ella.

Él le agradeció y fue a cambiarse. Quería una ducha. No le dijo que la palabra «hermana» le sonó rara. ¿Tenía una hermana?

Sí, claro. Sara. Sara, repitió. Sara, una vez más, como para asegurarse de su realidad.

Debía llamar a sus hijos. Sus caras sonrientes se le habían aparecido allá afuera, mientras trabajaba con la caja de relay. No los veía desde que su exmujer se había mudado a otra ciudad.

En su cabina había una bandera; no reconoció qué significaba, a qué país pertenecía.

Volvió a escuchar frases en ruso. Creyó que habían aparecido de la nada en sus oídos. Luego descubrió que el polaco estaba detrás de él y lo felicitaba. Michael se lo agradeció.

—Todo era normal, como si lo hubiera hecho antes, hasta que vi la Tierra abajo y me asusté.

—Ocurre en las mejores familias —dijo el polaco.

Herbert le contó que su experimento con gusanos platelmintos iba bien: se les había amputado la cabeza antes del viaje, y uno había logrado regenerar una cabeza. La idea era ver cómo afectaba la microgravedad a los organismos, cómo el espacio influía en el desarrollo de ciertas células y comunidades de microbios.

—Si les sacas una foto a mis gusanos quizás los hagas populares.

Michael no supo quién le hablaba. Se preguntó qué diablos hacía ahí.

Se fue sacando el uniforme azul. Quería desnudarse y correr. Las voces en ruso volvieron a hablarle.

Es cosa tan pequeña nuestro llanto.

—¿Te sientes bien? —dijo el polaco.

—Soy el astronauta Garcia. Soy el astronauta Garcia.

Su padre lo llevaba de la mano a destazar un chancho en la granja en la que vivían en las afueras de la ciudad. Una sensación acogedora. Podía estar agarrado de esa mano cálida por el resto de la noche.

—Sí, estoy bien. Soy el astronauta.

Debía llamar a su hermana. Hablar con Agustín, contarle lo que había hecho. Lo emocionaría saber que había estado en el espacio exterior. Probablemente lo sabría ya, aunque le había pedido a Sara que no le dijera nada para que él se lo pudiera decir primero.

Garcia flotó hacia el módulo: tenía una videollamada. Un adolescente recostado en una cama apareció en la pantalla, agitó la mano y le sonrió. El astronauta se puso los auriculares para bloquear los sonidos y trató de situar la imagen a la que se enfrentaba. ¿Quién era ese joven entusiasta? Le devolvió el saludo y esperó que regresara su nombre a la mente. Tenía la sensación de que lo conocía, pero no terminaba de situarlo.

El joven le contó de sus avances con un juego y de que una de sus arañas estaba enferma. Su madre había comprado una planta de marihuana y un kit para cultivarla en casa. Le preguntó por qué no había posteado fotos hoy.

El astronauta sintió que el joven estaba hablando rápido. No sabía qué contestarle, le hablaba como si lo conociera. ¿Arañas? ¿Fotos? ¿Marihuana? ¿Juegos? ¿Hermana? Quiso preguntarle cómo se llamaba pero no se animó. Se miró las manos en silencio.

–¿Michael, estás bien? Dime algo.

El astronauta se preguntó si él se llamaba Michael. Un zumbido percutía en sus oídos. Quizás debía colgar. Hizo eso.

El silencio invadió el módulo y se preguntó dónde estaba y cómo había llegado allí. Estoy en una nave y viajo hacia el futuro, pensó.

Un hombre calvo, de barba rubia y con un traje como el suyo se le acercó flotando para preguntarle si no quería jugar una partida de ajedrez. ¿Ajedrez? ¿Ese juego tan aburrido? El astronauta dijo que sí mientras ganaba tiempo.

Lo siguió, y se golpeó contra una pared, como si se hubiera olvidado de cómo desplazarse dentro de la Estación.

El hombre delante de él le preguntó qué había pasado.

–Nada –respondió.

Un haz de luz en su memoria le hizo flotar rumbo a la sala principal. El otro astronauta se sentó frente a él y en la mesa apareció el holograma de un tablero y las fichas.

–¿Blancas o negras, Michael?

¿Michael? ¿Así se llamaba? No, claro que no.

–Me da lo mismo.

–A mí también. Todo me da lo mismo en este momento. ¿Sabes que por primera vez en años me respondió mi ex?

–Algo es algo.

–Sobre todo por los niños. Los extraño un montón.

El zumbido estalló en sus oídos. Por una ventana veía cómo la nave se dirigía hacia un rectángulo de luces parpadeantes. Las luces estaban rodeadas por una masa de color azul oscuro. Una línea amarilla cruzó el horizonte. Pareció como si la nave se hubiera invertido y por un momento el astronauta vio un planeta familiar, con grandes extensiones de terreno, en el que predominaba el color azul.

–¿No vas a sacar fotos?

–¿Fotos? ¿Para qué?

El hombre lo miró como si no lo entendiera.

–Me llamo Sergei Kolarov –dijo el astronauta Michael Garcia mientras movía el caballo–. De niño viví en Koh Samui con mis padres, en una casa cerca de la playa, y salí campeón de ajedrez.

–Cada vez más raros tus gambitos, Michael.

–Sergei –le corrigió el astronauta–. Me llamo Sergei.

LAS CALAVERAS

DESPUÉS DE DEJAR UNA OFRENDA a la diosa de la caverna, en la playa en la que dos mujeres abrumadas de tatuajes se asoleaban con los pechos al aire y un chico trepaba veloz por una pared de rocas filosas, Lucy le preguntó a Bruno si estaba listo y se sumergió en el agua sin esperar respuesta. Por supuesto, dijo Bruno, e imaginó que ella le respondía: para que no digas que no te tengo paciencia. Era así desde que se casaron: él pensó que podría domesticar su ímpetu juvenil pero terminó siendo al revés, con él frente al espejo por las mañanas para asegurarse de que las líneas de su cara no se habían profundizado y acompañándola al gimnasio por las tardes después del trabajo, incluso cuando no daba más, solo para que ella no lo aguijoneara con eso de la diferencia de edad.

Bruno la siguió en el agua tropical del atardecer; las gafas de la capucha de neopreno se le empañaban y los peces atigrados se acercaban al traje húmedo. Hubiera preferido seguir disfrutando de las vacaciones como hasta ahora, durmiendo hasta tarde y comida y sexo y sol, pero después del desastre de la luna de miel en Jamaica había prometido resarcirse. El entrenador con el que tomaron las clases de buceo en Kingston no podía creer lo descoordinado que era, le enseñó durante una mañana de exclusiva dedicación cómo mover las piernas para conseguir el máximo impulso, *como una tijera, recuerda, tijera*. No llegó lejos y debió soportar las punzadas crueles de Lucy: debí sospecharlo al verte bailando salsa. Se consiguió un programa de buceo en realidad virtual y se pasó las horas entrenando en su piso, terminando en dos semanas el curso de control de flotabilidad para dominar el equilibrio submarino; siguió incluso sus consejos de preparación física para fortalecer las piernas, la espalda y los glúteos, y aprobó el reconocimiento médico virtual que ofrecía para enfrentarse a los cambios de presión en las profundidades. El programa permitía practicar en simulacros de cavernas subacuáticas que existían en la realidad; Bruno aprendió el recorrido de la caverna Las Calaveras y un día le dijo a Lucy que estaba listo para un nuevo viaje.

Ella asomó la cabeza. Bruno buceó hasta alcanzarla y salió a la superficie: la luz estalló en su cabeza como el abrazo de un mundo feliz. Ella se sacó el tubo de la boca:

—Ahora viene lo bueno, ¿listo?

Bruno asintió mientras recuperaba la respiración. En trechos el agua cristalina era verdosa y a ratos azul, y a mitad del camino entre la isla donde se encontraba su hotel y la de la caverna un peñón emitía destellos dorados al ser bañado por el sol. Debía dejarse ir, romper esos nudos tensos en la cabeza y el cuerpo que le impedían disfrutar de cada momento. No era fácil, su carácter conspiraba contra ello, pero al menos hoy la plenitud de Lucy y del espacio en torno suyo permitía el relajamiento.

Lucy levantó las gafas y se restregó los ojos. Las Calaveras no era profunda y por eso la habían elegido, ideal según los especialistas para el aprendiz que era él: no se necesitaba certificación. El lugar se llamaba así porque un día, a fines del siglo pasado, los pescadores encontraron en la playa el cadáver de una mujer y los huesos de dos personas. Nunca se supo a quiénes pertenecían los huesos ni quién era la mujer. Asumieron que su barco se volcó y el mar los trajo a la costa, pero tampoco encontraron restos de ninguna embarcación. Al caer la noche los pescadores encendían antorchas, hacían un círculo con piedras pintadas de blanco en la arena y, luego de convocar a la diosa, tiraban dentro del círculo calaveras de madera en miniatura que representaban a la gente con la que tenían problemas o de la que querían deshacerse (los turistas podían comprar las calaveritas en las tiendas y participar también del ritual). Bruno dudó cuando se enteró del nombre de la caverna, pero se tranquilizó después al descubrir que en ese lugar no había que temer a nadie más que a la negrura.

La caverna tenía sifones estrechos y oscuros entre etapa y etapa, y al centro un lugar de descanso –roca y arena– para salir a la superficie antes de volver a atacarla. Bruno no debía esforzarse mucho, solo armarse de paciencia y evitar ponerse nervioso cuando la vista se le nublara por culpa del cieno que se desprendía de las paredes y tuviera que nadar en la oscuridad mientras la linterna señalaba el camino. Pese a su categoría de fácil, tres personas habían muerto en los últimos diez años; perdieron el camino, desorientadas por la cerrazón de su campo visual, y bucearon hasta quedarse sin oxígeno. Por suerte Bruno tenía una precisa noción del espacio y su práctica en el modelo de la realidad virtual le había permitido memorizar la ruta tan bien que podía dibujarla con los ojos cerrados; un par de veces se soñó recorriéndola entera, y en el sueño todos los detalles coincidieron con la simulación.

Lucy volvió a sumergirse. Bruno la siguió. Estaba a dos metros de ella, buscó el perfil hidrodinámico ideal para propulsarse con las aletas bajo el agua –en posición horizontal– y con el chaleco ajustó lentamente su flotabilidad a neutra, el movimiento sincrónico de las piernas aprendido de manera más natural a través de las instrucciones de la realidad virtual que con el instructor de buceo en Kingston (y luego practicado con éxito en una piscina pública). En ese reino sumergido los peces se derramaban sobre él, y desde el suelo pedregoso los corales se estiraban y unas ramas verdinegras se desprendían como tirantes elásticos hacia la superficie. Todo tan hermoso que hubiera querido desacelerar el tiempo, dejar que esos instantes se alargaran en la contemplación del paisaje.

Bruno sentía que se dejaba llevar por las aguas, pero era él más bien el que desplegaba esfuerzos para alcanzar a Lucy. Ella se movía con la agilidad de una campeona de natación en la adolescencia no tan lejana, y le iba sacando distancia; de pronto, a Bruno se le ocurrió que lo hacía al intento, que quería perderlo. Sabía cuánto le costaba a él y no le importaba. Ah, sus inseguridades. Debía dejarlas de lado: Lucy se lo recriminaba todo el tiempo, ella era feliz con él –el viernes por la noche para los bares con amigos, largas siestas los sábados y quizás una serie en la tele, el domingo la visita a los desnortados papás de ella antes de que sus oficinas olor a petróleo los engulleran el lunes–, pero no soportaba sus controles, sus celos, su tonta competencia con cualquier chico de la edad de Lucy.

La luz se fue apagando y entró a un sifón. No debía ponerse nervioso pero era inevitable. Pronto perdería a Lucy. Sí, la acababa de perder. Estaba seguro de que ella seguía cerca, podía sentir el movimiento del agua delante de él, pero no la veía. Ahora el sifón se doblaría un poco a la izquierda, sí, eso, y bajaría unos diez metros en caída libre, sí, eso, todo como en la realidad virtual, pero lo que no había sentido en las prácticas lo percibía ahora: ingresaba al centro de la tierra a través de un pozo por el que caían los desamparados del mundo. Pensó en sus padres muertos y en su hermana desaparecida con apenas ocho años –fue al baño cuando pararon en una gasolinera y nunca más la volvieron a ver–, quiso alejar esos pensamientos antes de que el susto lo envolviera. Porque estaba bien sentir el susto en plena luz del día pero no ahí abajo, en la noche de la caverna. Para eso no se practicaba.

–¿Lucy, Lucy? –quiso decir, pero sabía que no podía pronunciar ninguna palabra. Se fijó en los números brillantes y enormes del reloj digital en la muñeca y sintió un desacuerdo con sus cálculos; debía haber regresado un poco de luz y ellos ya debían estarse preparando para ascender al descanso en el centro de la caverna.

Algo le acarició la cara: una mano de seda, tal vez, el beso de las profundidades, de un muerto que flotaba en el agua y lo tocaba antes de volver a su mundo perdido. ¿Era eso? Un segundo apenas, el resplandor de unos ojos, y nuevamente la oscuridad. Ojos humanos, pensó, pero no estaba seguro. ¿Quién más? ¿Lucy? Imposible. Ella debía seguir su camino delante de él. ¿Entonces? Quizás algún pez monstruoso, pero ni en la simulación de la máquina ni en la información en las redes se hablaba de peces en la caverna. Sí, antes de entrar danzaban en el agua los atigrados y otros hermosos y relampagueantes bajo la luz y en el agua, pero ¿después? ¿Peces ciegos? Debía hablar con Lucy. El agobio se acumuló en la garganta; la respiración le iba faltando pese a que su tanque de aluminio debía estar lleno, y de pronto se acabó el sifón y se encontró en un remanso y salió a la superficie.

Notó la composición irregular de la roca caliza por la erosión del agua, la piedra entre rosada y de color mostaza, el acompasado goteo desde las alturas, las estalactitas y estalagmitas talladas a lo largo de millones de años. En la boca de la caverna el fango cósmico se lo llevaba por delante. Se fue empequeñeciendo y tardó en reaccionar, como si por un momento le faltara el aire.

Lucy había salido del agua. Se había sacado el traje húmedo y caminaba con su malla turquesa por entre las rocas hacia una galería en un nivel superior. Se perdió por un par de minutos y reapareció. Bruno notó que ella sangraba de un brazo. Salió del agua y se le acercó.

—Calculé mal y me golpeé contra una de las paredes en la oscuridad –dijo ella tratando de sonreír–. Una roca filosa. Qué dolor, mierda.

—Podemos volver –dijo él; no quería ser el primero en rendirse.

—No es para tanto. Esta segunda parte es fácil. Más bien apurémonos y la acabamos de una vez.

¿Y ahora, le contaba lo que le había ocurrido a él? No, ¿para qué? Se acrecentaría su ansiedad. Más bien debía dar el ejemplo, mostrarle que no nadaba como ella pero que su experiencia podía ayudarlos a sortear momentos complicados.

–De niña me torcí el brazo al caerme tratando de hacer equilibrio en una verja. Sangraba un montón y mis padres me llevaron a la clínica. Tirada en el asiento de atrás en la Volkswagen vi mi herida. Era como para cuatro, cinco puntos, pero el asunto es que de pronto vi que la piel se rasgaba y no paraba de abrirse. Vi mi cuerpo desde adentro. Vi mis órganos infinitos. Vi mi cuerpo al revés.

–No sigas. No es momento para cosas tétricas. Si no, yo te voy a contar de la vez que un muerto me besó en la oscuridad.

–Eso también me ocurrió a mí. No te lo dije para no asustarte.

–¿Cuándo?

–En el departamento, cuando visité Las Calaveras en la realidad virtual –dijo Lucy–. Pensé que era un glitch. Incluso ingresé a foros para ver si otros habían experimentado lo mismo. No encontré nada. Me dije que me estaba sugestionando y preferí no volver a probar la simulación.

–Cambiemos de tema. Ahora soy yo el que se está sugestionando.

Lucy se puso el traje húmedo –él notó la rasgadura en el neopreno– y se metió al agua. Bruno respiró hondo. Allí abajo todo costaba más, pero su capacidad aeróbica y pulmonar eran más que suficientes para Las Calaveras. Se hizo una composición de lugar, calculó distancias, recordó la ruta que faltaba. Sabía cuál era el camino y qué debía hacer un neófito como él: bucear como si estuviera en su departamento, aparentar que se sumía en el espacio seguro de la realidad virtual.

Volvió a ingresar al agua. La sintió fría, como si una corriente subterránea acabara de soltarse, y la encontró más oscura que antes. Imaginó que volvía al tiempo antiguo de cuando jugaba a los tiburones en la bañera de su casa y cerraba los ojos y se hacía el que nadaba. Sintió que buceaba en una laguna en el centro de la tierra, abrigado por la luz tenebrosa de un sol negro. El agua se espesaba, como si se hubiera llenado del cieno que se desprendía de las paredes de la caverna. El cieno golpeaba en las gafas, se apoyaba en ellas y le cerraba la posibilidad de ver, aunque daba igual, estaba moviéndose en la profunda oscuridad. ¿Dónde estaría Lucy? Lejos ya de él, también peleando con el cieno y la noche, orientándose al tanteo, a diferencia de él; había estudiado los mapas pero no practicó mucho en la simulación, habló con los pescadores antes de venir a la isla de la caverna en una barcaza que transportaba a los turistas y escuchó sus consejos en un inglés quebrado.

Ahora estaba en un sifón angosto y se deslizaba imaginando que era un resbalín. Se golpeó la mano con la roca, como si un puñal asomara de ella. Sería curioso si él también terminaba lesionado. Pero no le ocurriría. Su cuerpo se iba quedando quieto, como si la corriente fuera en contra suya. Era un avance lento; sintió que daba brazadas en la arena. Todo estaría bien con tal de que la calavera o el pez ciego no lo volvieran a acariciar.

¿Cuándo terminaría todo? Pronto, según el reloj digital. Había logrado domar la ansiedad. Había probado algo. No lo volvería a hacer.

El sifón se terminó y fue a dar al mar amplio de la caverna. Con brazadas poderosas y el cuerpo más distendido subió a la superficie. Asomó la cabeza y se sacó las gafas. El aire se le agolpó en el pecho; estaba fuera de peligro. Bueno, no del todo. Faltaba caminar unos cincuenta metros por una galería para salir a cielo abierto.

Tres gruesas columnas recubiertas por una sustancia leprosa sostenían el techo de la caverna, florecido de lanzas de piedra de color marrón; soldados en la batalla inmemorial del tiempo, imaginó Bruno, armándose de valor para que esta vez el mordisco cósmico no lo alcanzara.

Al borde del agua, sobre la roca, vio el traje húmedo de Lucy y su tubo de oxígeno. Lucy no estaba.

Emergió del agua y gritó varias veces el nombre de Lucy. No hubo respuesta.

Se imaginó que estaba solo y que acababa de salir de la realidad virtual en el departamento. Lucy estaría con sus amigas en un junte después del trabajo y él se dispondría a contarle su experiencia con la red neuronal de la máquina, las veces en que el algoritmo le había obligado a volverse sobre sus pasos hasta sentir que la ruta se le tatuaba en la piel. De algo sirvió la simulación: lo había ayudado a vencer sus miedos. No sería un gran buceador pero sí había conquistado Las Calaveras. La siguiente, bien entrenado en la virtualidad, capaz que escalaba alguna montaña.

Pero no había salido de ningún juego y Lucy no regresaba. Se preocupó. ¿Dónde estaría? Estaba claro que no en el agua, que también había terminado el recorrido.

Pasó así media hora. El traje húmedo se le apretaba demasiado al cuerpo y sintió frío. Dudaba entre seguir esperándola sin moverse de su lugar o salir de la caverna y pedir ayuda a los pescadores.

Lucy apareció. Venía de una galería con su malla turquesa y caminó hasta donde estaba su traje húmedo como si no se hubiera percatado de la presencia de Bruno. Él pronunció su nombre y ella lo miró y no dijo nada mientras alzaba el traje y lo convertía en un ovillo entre sus manos.

Él percibió que la herida en el brazo había desaparecido. Ella volvió a mirarlo y le preguntó si estaba listo.

–¿Listo para qué?

–Para salir de la caverna. Nos esperan.

–¿Nos esperan quiénes?

Lucy no respondió. Le ofreció la mano y él se la tomó. La sintió caliente, huesuda, irreconocible, como si hubiera caminado bajo el sol, mientras que él estaba frío, convertido aun en un pez de las profundidades abisales.

Caminaron rumbo a una galería en un desnivel. Al final de la galería se podía distinguir una luz que provenía del otro lado y en la que se imaginó flotando. Una luz opuesta a la noche del fin del mundo que acababa de atravesar.

Escuchó un zumbido que provenía del otro lado de la galería y susurraba palabras desconocidas en sus oídos. Volvió a sentir la piel huesuda de la mano de Lucy y pensó en círculos de piedra y en ceremonias con antorchas; se asustó y la soltó.

Quiso darse la vuelta, correr hacia el agua, zambullirse en lo oscuro.

Seguía agarrado de la mano de Lucy y la luz del otro lado lo golpeaba.

En la hora de nuestra muerte

JENNIFER OBSERVA a través del monitor 16 del circuito cerrado a un hombre inyectándose apoyado contra un arce en Tremont Park; no lleva polera y sus costillas empujan contra la carne magra. Jennifer estruja su gorro de lana verde. El hombre da unos pasos y se detiene, los ojos hundidos; le cuesta respirar y se desploma sobre el césped recién cortado entre convulsiones. *Ahora y en la hora de nuestra muerte*, susurra ella y se pone en contacto con el oficial Olmos, encargado de coordinación del precinto.

Dos trabajadores sociales encuentran al hombre colapsado en el parque. Un olor a regaliz los confunde. No llegará con vida al hospital.

Por la noche Jennifer sueña que el hombre ingresa a su apartamento a través de la pantalla del televisor. En la madrugada unos ruidos la despiertan; son los ronquidos de Matt, su pareja.

Clara observa el día roto en líneas diagonales por la lluvia a través de la ventana de la sala de emergencias del Montefiore Medical Center y se pregunta si ha valido la pena. La pechera anaranjada fosforescente de la trabajadora social está manchada de sangre y huele a vómito. Habló con la enfermera Geist, su imperioso contacto en el hospital, y se quedó a esperar noticias de la mujer que trajo del parque después de una sobredosis. ¿La salvarían?

El saldo de la mañana: dos muertos y un borracho que cree ser el presidente y al que ella ha convencido de que sí lo fue, pero solo hasta el pasado enero. En horas como estas, cuando la realidad se acelera y todos los puntos del distrito convergen en la sala, extraña a su hermano, que trabaja en una granja de pollos cerca de Binghamton y con quien no se comunica por temor a que los descubran. En las redes se entera de arrestos y deportaciones. Los papeles de Clara y su nombre actual pertenecen a una persona a la que le suplanta la identidad. Su hermano no tiene papeles.

A ratos se le ocurre que una maldición de la verdadera Clara le llegará desde la tumba.

El señor Bronson, coordinador de los trabajadores sociales, escribe un poema inspirado por cada una de las muertes que ha visto.

Un lejano punto en el espacio soy yo
antes de que el rayo me parta
y regrese a la nada
de la que vine antes de que el big bang estallara
y me convirtiera en un lejano punto
soy yo

Revisa una ajada antología de poesía francesa para robar poemas. Ellos sabían del silencio y del vacío. Del polvo que uno es sin serlo.

En la vagoneta inundada de olor a hamburguesa y papa frita se alisa el bigote y sale a repartir por South Tremont folletos sobre los peligros de la droga. Imagina que algún día descubrirán su cuaderno de plagios, y susurra, raspándolo con sus dedos de uñas largas: por suerte ya no estaré aquí.

Los sin techo se reúnen bajo un puente cerca de Tremont Park. Jennifer observa a través del monitor 7 a tres sin techo inyectándose allí. Dos negros, uno latino: espectros antes de serlo gracias a la cámara polvorienta. La imagen en blanco y negro tiembla, como poseída por esos cuerpos entregados a las jeringas. La pantalla se parte en dos: desaparecen de la cintura para abajo. El latino convulsiona.

El circuito se repite: llamada al oficial Olmos –habla con Bouie, su subordinada–, contacto a los servicios sociales, llegada tardía. Jennifer se hinca en el baño de la sala de monitoreo, que acaba de ser trapeado y estalla de olor a amoníaco. Se saca el gorro de lana verde, *ahora y en la hora de nuestra muerte*, repite tres veces.

Se pregunta qué soñará esa noche.

Olmos, encargado de coordinación del precinto 48, recibe en su oficina el informe en una carpeta azul que mancha sus dedos: las recientes muertes de sobredosis en Tremont Park y los alrededores se deben al fentanilo, cincuenta veces más potente que la heroína. El fentanilo no aparece con frecuencia en el mercado pero las muertes seguidas le hacen pensar en el posible inicio de una epidemia. Siete años atrás hubo una y al distrito le costó recuperarse. Hace unos meses creyó que se salvarían de lo que estaba ocurriendo a escala nacional, pero no: la gente de su barrio y el distrito no se escapa ni de la precariedad ni de las tentaciones del resto. Hay dílers indiscriminados por todas partes.

La oficial Dharlyn Bouie le hace notar la casualidad: en la sala de monitoreo de circuito cerrado del precinto trabajan cuatro personas, pero es la misma la que ha dado la alerta en casi todas las situaciones. Jennifer, la puertorriqueña teñida que no se saca su gorro de lana ni en verano.

–El ángel de la muerte –sonríe Dharlyn, pero a Olmos no le causa gracia.

En el apartamento de Dharlyn el televisor está encendido en un canal de apuestas. La imagen del partido de basquetbol en el centro de la pantalla se concentra en un rectángulo pequeño, rodeada de los números movedizos de las apuestas, sacudones eléctricos que condensan las miles de decisiones que llegan de todas partes del mundo a la computadora de BetFair.

Dharlyn deja tirado el uniforme en su cuarto y se pone pantalones de jogging y chinelas. Se acerca al espejo del baño, abre la boca y la mueve, trata de observar si hay algo extraño en ese hueco de carne y saliva. Nada. Hace días que le duele la garganta, como si la tuviera inflamada. Le cuesta incluso hablar. Una compañera en el precinto le sugirió chupar pastillas de menta. Ayudan durante unos minutos, luego regresa el dolor. Tendrá que ir a la clínica.

Le quedan algunas horas libres antes de volver a las calles y su pulsante inquietud. Quisiera separarlas del resto de su vida, pero no puede, la colonizan entera. Debió haber pensado en eso antes de ingresar a la profesión. Imposible: la paga era buena y el seguro de salud justificaba el resto.

Además, ¿qué otra cosa podía haber hecho? Una inmigrante haitiana no tiene tantas oportunidades en la vida.

Dharlyn cree que si hubiera practicado más en el colegio habría tenido chance de llegar a un equipo profesional. Un tiro de larga distancia que emboca en la canasta sin tocar en el aro: eso es la belleza. Tenía muy buen pulso, pero hicieron lo suyo la falta de práctica y la pérdida de la agilidad con los años.

Al menos todavía cree que sabe reconocer el talento. Cree, porque le ha estado yendo mal. El mes pasado se le fue la mitad del sueldo en apuestas. Comenzó en money line, siguió en handicaps y Over/Under, ahora está en props. Se puede apostar a todo estos días, incluso a que uno ganará su apuesta o la perderá.

–Nunca más –se dice, segundos antes de volver a apostar.

Todos los cuadros del apartamento de Jennifer son de pulpos. Los hay incluso en la cortina del baño. Están el clásico de Hokusai, portadas de revistas norteamericanas de un siglo atrás, algunos más recientes de una pintora oaxaqueña que descubrió en un viaje a México. Han simbolizado muchas cosas para ella. Ahora mismo representan la presencia de una inteligencia alienígena en el mundo, capaz de torcer el cuello uno por uno a todos los humanitos. Una inteligencia que actúa en los parques y calles del distrito y los convence de que necesitan algo rápido y feroz para aliviar sus penas o extasiarlos en la contemplación de la maravilla.

Matt le cuenta que el dibujo de uno pequeño y verde metido en una licuadora enchufada no se le va de su cabeza y no lo quiere ver más. O él o yo, sentencia. Patético, piensa Jennifer, tan necesitado. Lleno de desafíos tontos.

–Lo siento por ti, Matt –contesta.

Él se marcha tirando un portazo. Poco después, regresa.

Jennifer observa a través del monitor 2 a una mujer inyectándose en un callejón cerca de un Seven Eleven. El rostro de pajarito medroso y un archipiélago de sangre en el mandil blanco de enfermera. A su lado un niño hocicudo juega con una nave espacial de Lego. Ella parece haberle ordenado que no la mire mientras se ata el brazo y busca la vena.

Ray –compañero de trabajo, maestría en literatura, colonia de pino– se acerca por detrás de Jennifer y le dice que no debería quedarse observando: esos segundos pueden ser la diferencia entre la vida y la muerte.

–Ya lo sé –dice Jennifer, y luego: *ahora y en la hora.*
Ray se comunica con el oficial Olmos. Minutos después la mujer está convulsionando y el niño hocicudo lanza su nave espacial por el aire y esta planea lentamente por el callejón, como si buscara escaparse, y da dos vueltas antes de aterrizar en un charco al lado de un basurero. El niño se hinca sobre la mujer y chilla.

A Jennifer se le ocurre que ha visto esa nave espacial en *La guerra de las galaxias.*

El niño crecerá con un tío en otro estado y será un chico despierto y llegará a la universidad y su tesis doctoral estudiará el mecanismo secreto de las adicciones. La tesis la dedicará a su madre y a la trabajadora social que acudió al callejón esa lejana tarde y se mantuvo en contacto con él a lo largo de los años.

En una pizarra gastada en su oficina el oficial Olmos hará números: cinco años atrás el promedio era de una muerte por sobredosis cada tres días. Este año será de una por día. Su estado está entre los seis más castigados del país, su distrito es el que más sufre en el estado y su barrio es un punto neurálgico de la epidemia.

–Ah, quién pudiera librarse de tanta mierda –murmura.

Después de un día agotador regalando Naloxone para combatir la sobredosis en una carpa cerca de Tremont Park, el señor Bronson espera a Alicia en su apartamento. La conoció cuando ella trabajaba en las calles de South Tremont, los dientes rotos y los brazos con moretones como flores marchitas. Quiso rehabilitarla, y si bien no lo logró al menos sabe que es cuidadosa con sus clientes. Ella no quiere cobrarle, pero él no se deja: es su forma de ayudarla.

Una madrugada él le contó que muchos años atrás había estado en la cárcel por díler. Lo que hacía ahora era redimirse, cerrar el círculo. Alicia le dijo que no todos los círculos eran redondos. Algunos son nomás viciosos, le dijo.

Los colegas de Jennifer hablan entre ellos en un McDonalds: no puede ser que todos los casos interesantes los descubra ella. A ellos les tocan robos de poca monta, violaciones, accidentes de tránsito, pero las muertes de la epidemia son para ella.

–No era así antes –Gwen extiende los dedos, sus uñas anaranjadas brillan como metales preciosos–. Comenzó de golpe y es probable que termine igual. Es solo una anomalía estadística. Eso que en otras palabras se llama suerte.

Ray no hace caso a esas ideas desprovistas de poesía y elabora su teoría: ella es una médium electrónica.

–Cada época actualiza sus relatos. Los fantasmas de las mansiones victorianas del siglo XIX se convirtieron en los espectros del cine y la televisión del xx. Los médiums del xix se convirtieron en Jennifer, la adivina eléctrica del xxi. Ella capta las ondas magnéticas de los monitores, las ondas que indican que ocurrirá una muerte.

Los compañeros lo escuchan sin saber si creerle: es un chico estudiado, pero también defiende la teoría de que el atentado de las Torres Gemelas en realidad nunca ocurrió.

Matt se mira en el espejo del baño después del sexo: mordiscos en el pecho, hilillos de sangre. Tanta pasión lo asusta: Jennifer es otra en la cama. Hay últimamente algo raro en ella, piensa.

El sol asfixia la tarde. Clara se acerca al hombre que está a punto de inyectarse en la acequia cerca de Tremont Park y le pide que no se asuste. Dejará que se inyecte si quiere hacerlo, solo quiere darle una jeringa nueva, la suya es vieja y puede que esté contaminada.

El hombre la abraza y quiere llorar pero no le salen las lágrimas de sus ojos de pupilas pequeñísimas como puntas de alfiler. Clara siente sus huesos en la piel y piensa en la ironía de dar consuelo a todos y ser ella misma inconsolable. La que abraza al hombre es Clara, la mujer que perdió la vida en un accidente de tránsito el año pasado, no Mónica, la ecuatoriana que cruzó la línea tres años atrás y se gastó sus ahorros en pagarle a un coyote. Esa Mónica no hubiera podido resistir tanta mierda.

El hombre sigue abrazado a ella y Clara tratará de convencerlo de que la acompañe a la carpa que el señor Bronson ha instalado cerca del parque. Allá habrá comida, se le dará un lugar donde pasar la noche y la posibilidad de un centro de rehabilitación. Habrá, quizás, una pequeña victoria.

Agotada después de un día largo en la sala de emergencias del Montefiore Medical Center, la enfermera Rachel Geist se roba un frasco de Percocet mientras hace inventario. La curiosidad ha hecho que en los últimos seis meses se lleve a casa otros medicamentos. Se justifica diciendo que es su manera de entender a sus pacientes.

Esa misma noche probará Percocet por primera vez. Habrá un sonido de campanas y erupciones volcánicas. Querrá repetirlo.

Muchos años antes Rachel era una niña golosa a la que le gustaba meterse dulces en la boca. Esa niña había soñado que algún día sería enfermera como su madre. Esa niña no sabía que en el futuro le aguardaba una emboscada con Percocet y que terminaría de paciente en la sala de emergencias en la que trabajaba.

Su pronóstico es reservado. La única que la visita es su amiga Clara. Bueno, no puede decir que sea una amiga, pero ha venido tanto al hospital estos meses que es más que una conocida. En esas visitas ninguna de las dos pronuncia una sola palabra.

A Alice no le gustan los poemas del señor Bronson: muy predecible que una muerte dé lugar a un poema fatalista. ¿Por qué no una celebración de la vida? Un día le trae un poema encontrado en internet:

Entonces había una casa
en la punta de la montaña
donde vivía una familia
que tenía mellizas y un hermanito: un día

llovió muy fuerte
y la última pequeña gota que cayó
hizo crear un niño hecho de agua
Cuando las mellizas lo vieron gritaron:
«¡Ah! ¡Es el niño de la lluvia!».
Y lo trajeron para la casa
donde la mamá dijo: «qué extraño niño
ha salido del cielo». Y el hermano más chico
empezó a cantar: «fantasía no será si está acá».
Y el niño de la lluvia contestó: «No soy una ilusión
ni estás soñando
he caído del llanto de una nube
y necesito volver arriba con mi familia».

El señor Bronson lo encuentra infantil pero no le dice nada. Aun así, está dispuesto a darle la razón, pero ¿cómo cambiar una mirada, un estilo, una forma de robarles a los otros?

El oficial Olmos pasea por el centro con su mujer. Masca chicle de hierbabuena y es capaz de acabarse una caja de doce en cuarenta y cinco minutos. Mejor que fumar, piensa.

En una tienda de electrodomésticos se entera de que el presidente nombrará a un nuevo zar de las drogas. Las estadísticas nacionales: cincuenta y cinco muertes al día por culpa de los opiáceos. No cree en zares pero tampoco hay mejores opciones.

El presidente también declarará a los opiáceos un problema de salud pública. Lindas palabras, pero carentes de efecto: al no declararlos una emergencia nacional, no habrá fondos para combatirlos. ¿Y qué esperaba? El presidente tuvo un tío drogadicto y en vez de ayudarlo lo sacó de la familia.

Olmos deambula con su mujer entre televisores de alta definición: es verdad que todo puede ser más nítido. Busca la cámara de circuito cerrado en las esquinas del recinto. Algunas se esconden, otras se hacen notar.

Cinco años atrás, una serie de violaciones y raptos de niños lo llevó a ser uno de los impulsores del proyecto de vigilar todo el distrito metropolitano a través de cámaras de circuito cerrado en calles, parques, centros comerciales. No se debía dejar ningún espacio público sin vigilancia, y se les pediría adherirse a los comercios y las asociaciones de vecinos y propietarios. No se cumplió del todo, aunque muchos creen que sí, y eso es suficiente para que el crimen haya disminuido. Olmos conoce cuáles son los puntos muertos del distrito en los que no hay cámaras. El piso 27 del edificio de City Hall, por ejemplo. Sabe que, si escoge bien el lugar, podría cometer un crimen sin que nadie lo observara.

—Apúrate, por favor.

Jennifer observa a través del monitor 10 a un negro salir del garaje de una casa de Skyville y desplomarse al lado de un abeto con el tronco salpicado de manchas blancas en el jardín. El zoom de la cámara revela nuevas formaciones del sujeto, el inconsciente óptico con el que Jennifer está en sincronía: en el antebrazo derecho brilla una aguja. *Ahora y en la hora de nuestra muerte.*

Jennifer habla con Bouie y la policía no tarda en llegar. Una mujer tatuada sale a la puerta, una ambulancia se lleva al negro.

En el baño del centro de monitoreo Jennifer se está lavando la cara para despabilarse cuando observa flotando delante de ella al negro temblando en la camilla,

yéndose,
yéndose,
adiós.
Se hinca y se persigna. ¿Por qué yo? ¿Por qué no yo?
Cumpliré con la encomienda y luego descansaré.
Porque debe ser una encomienda, piensa. Una misión.
Nunca fue dada a las iglesias a las que la llevaban sus
padres en San Juan, pero sí al espíritu de la caridad que
se posaba sobre ella y la hacía sentir que nadie estaba ni
debía estar solo en este mundo.
Se saca el gorro.

La policía arresta a una mujer tatuada por posesión de
cocaína en Skyville, un barrio de clase media a quince
minutos en auto de Trenton Park. La mujer ingresa en la
cárcel por un par de semanas, hasta que un abogado de
oficio logra probar que ella solo era díler de cocaína y
el negro un amigo que a veces iba a la casa a inyectarse
heroína por su cuenta para que no lo viera su mujer. Entre
los dos no había habido ningún tipo de transacción.
Jennifer sueña con la mujer abrazada a un pulpo. Un
ruido merodea por su habitación en la madrugada, se lanza
en barrena bajo la cama y explota para punzarle los oídos
y despertarla; no son los ronquidos de Matt. Es como un
grito, un ulular desesperado.
La televisión está encendida. No recuerda haberla dejado así.

El centro de monitoreo se encuentra en el segundo piso
del precinto 48. Una historia siniestra acompaña al edificio construido en 1954: durante su construcción murieron
tres albañiles de la tribu Onondaga, asentada en la parte

superior del estado. Albergó por un tiempo a la Corte Superior del distrito, de la que se recuerda que en su primera década de funcionamiento, gracias a pruebas adulteradas en los laboratorios de la policía, mandó a cadena perpetua a muchos inocentes.

Una alta incidencia de cáncer persigue a quienes trabajan en el edificio. Los supersticiosos se persignan al subir los escalones cuando llegan, y no faltan rituales para espantar a los fantasmas.

Dharlyn no creía en esas cosas, pero los dolores en la garganta de los últimos meses la llevaron al médico; el diagnóstico no es alentador.

Una mañana de sábado una periodista acompaña al señor Bronson a dar una vuelta por los barrios pobres del distrito para un reportaje sobre la epidemia. La periodista, una chiquilla rubia de un diario conservador, le pregunta si no cree que lo que está ocurriendo se debe a la falta de valores en la gente de los barrios pobres, en los inmigrantes.

Bronson ignora la pregunta, se acomoda el cabello entrecano con un peine y le cuenta que acaba de cumplir sesenta años y ha perdido la esperanza de que la droga desaparezca del distrito.

–Una vez creí que se podía –apunta con el brazo a una serie de edificios plomizos donde la semana pasada hubo tres muertos–. Ya no. Se va pero regresa. A veces es Oxycodone, otras Percocet o morfina, en los últimos años heroína y fentanilo. También carfentanilo aunque no lo crea, que es para tumbar elefantes. Por eso me muevo con Naloxone en el bolsillo, aunque a veces no es suficiente.

–¿Y qué pasa con la responsabilidad personal? –insiste la rubia.

El señor Bronson entiende que cada uno es responsable de su vida y de su muerte; no se atreve a juzgar a nadie. La lleva a un centro comercial de vitrinas tapiadas, escaleras mecánicas muertas y cerca de las paredes cartones que usan los sin techo para dormir. Del baño sale un tufo a podrido, como si un monstruo acabara de eructar a través de las tazas maltrechas desde el fondo de la Tierra. Señala los contornos hechos con marcador grueso de un cuerpo en el suelo:

—Aquí mismo, tres días atrás, una mujer se puso color ceniza delante de mí. Tenía fentanilo en su sistema. Ella no lo buscaba, pero la venden mezclada con heroína para abaratar costos. A veces ni los mismos dílers lo saben. Lo peor son los bebés y los niños. Los bebés que nacen con la droga en el cuerpo.

Después de escuchar la última frase la periodista cree que tiene el titular de la nota.

La mujer tatuada tuvo alguna vez una vida cómoda de clase media. Trabajaba en un Best Buy, estaba casada y tenía una hija. Los fines de semana visitaba a sus padres, que vivían en un apartamento en Motts Point con un hermano al que la mente no le respondía desde que se rompió la cabeza en un accidente en aladelta a los quince.

Una mañana la mujer encontró a los padres muertos a cuchilladas y al hermano sentado en el banco de un parque cercano con un cuchillo de cocina entre las manos. No pudo recuperarse del golpe. Semanas después una amiga le ofreció coca por primera vez. Esa noche olvidó a sus padres y quiso más. Fueron dos meses de vértigo. El esposo la abandonó y se llevó a su hija. Se quedó sin trabajo y con los dientes arruinados. Logró que el esposo siguiera pagando el alquiler de la casa.

Matt va al cine solo porque a Jennifer no le gustan las películas de terror, sus preferidas. En la oscuridad de la platea vacía una tarde de lunes, mientras observa a una niña con poderes telekinéticos, capaz de mover casas de un barrio a otro y almas de un cuerpo a otro, recuerda la vez en que a los nueve años vio al diablo. Había pescado dos truchas en el arroyo cerca de su casa cuando se le apareció un señor elegante, con corbata y zapatos de charol. Un resplandor anaranjado le perturbaba los ojos. El hombre le quitó las truchas y se las comió de un solo mordisco. Cuando abrió la boca Matt le vio los dientes afilados como los de un tiburón. El señor eructó un olor a huevo podrido y antes de irse le dijo que viviría hasta los treinta años.

Matt le contó lo ocurrido a sus padres pero no le creyeron. Llegó a olvidarse de ese incidente y creyó que nunca había sucedido. Pero acaba de cumplir los veintinueve y la memoria ha regresado.

La rubia del periódico conservador habla con un médico forense que trabaja con los servicios sociales. Acaban de recoger un cadáver del sótano de una casa en Motts Point. El chico vivía ahí, tenía problemas de depresión pero en los últimos tiempos estaba mejor. Dos días atrás se despidió de sus padres, dijo que iría a cazar con sus amigos y se encerró en su apartamento. Su madrastra decía que era un chiquillo triste desde que nació.

—Todo esto nos ha agarrado por sorpresa —dice el doctor—. No me refiero a él, me refiero a todo esto.

Recalca las últimas palabras. Es por el tipo de sufrimiento que calma esta droga, especula. Gente que sufre por dentro, que se desespera y no dice nada. Y así ha ido avanzando estos años delante de nuestras narices. En silencio.

–¿Y la responsabilidad personal? –insiste la chica.

–Hable con ellos. No le faltarán los testimonios.

–¿Con los muertos?

–No haga chistes de mal gusto.

Al centro de monitoreo ha llegado una nueva chica. Audrey es morena, rapada y lleva piercings en las orejas. Jennifer se descubre fantaseando con ella. Solo una vez ha besado a una mujer, y eso no cuenta porque ocurrió con una prima a los doce.

Una tarde se tropiezan en el baño. Audrey se está pintando los labios, y cuando termina se acerca a Jennifer como si lo supiera. Jennifer le elogia los piercings entre tartamudeos. Audrey le dice que también tiene uno en la lengua.

Jennifer se sentirá tan mal después que pensará incluso pedir que la cambien de lugar de trabajo. Se preguntará por qué lo hizo. Quizás la tensión de estos días. Pero no puede sacar a Audrey de su cabeza.

El hermano de Clara se refugia en una iglesia para evitar que lo deporten. Los curas le dan una bolsa de dormir y lo acomodan en el sótano, junto a efigies desportilladas de Cristo y los apóstoles. Le pide a Clara que la visite: la casa es chica pero el corazón es grande.

La enfermera Rachel Geist es dada de alta y regresa al trabajo. Ese mismo día bota a la basura todos los frascos de anestésicos que se ha robado del hospital. Le cuesta, pero tiene que hacerlo. Sus manos tiemblan.

Al salir de la morgue Dharlyn le pregunta a Olmos si cree en Dios.

–Para mí Dios es el GPS –responde Olmos–. Una máquina que te dice cuál es el mejor camino a seguir, nunca te falla y está encendida las veinticuatro horas. ¿Qué otro Dios quieres?

A los nueve años Jennifer fue con sus padres a visitar a sus abuelos en Orlando. El avión los dejó en Miami y siguieron camino en autobús. El Greyhound se detuvo a las tres de la mañana en un área de servicio. Mientras sus padres dormían Jennifer bajó del autobús y se dirigió a la tienda iluminada. Era su primera vez en el continente y todo la deslumbraba.

El encargado no se despertó con el ruido de la campanilla cuando ella empujó la puerta acristalada. Caminó entre los pasillos tocando los estantes llenos de latas mohosas. En una zona alejada del cajero encontró sus chicles favoritos, los Bubblegums de frutilla. No tenía ni una moneda y en vez de regresar al autobús a pedírselos a sus padres se le cruzó meterse un paquete de chicles a un bolsillo de los pantalones. Lo acababa de hacer cuando levantó los ojos y se encontró con una cámara filmándola desde el techo. Un ojo que observaba todo la observaba. Tiró los Bubblegums al piso y salió corriendo. El encargado tampoco se despertó cuando la puerta acristalada volvió a sonar.

Jennifer no abrió la boca durante dos días. Muchos años después, cuando comenzó a trabajar en el centro de monitoreo, había de recordar ese incidente y lo convertiría en su mito de origen. Ella provenía de un encuentro fortuito en un área de servicio en la carretera.

Una mujer latina se inyecta delante de todos en la parada del autobús. Grita que no la miren, grita que el fin del mundo se acerca. Después del pinchazo una ola tibia de placer la va envolviendo. Comienza lentamente por los pies, centellea en la cabeza.

La mujer se impregna de una luz radiante durante unos segundos. Es feliz, sí.

Se desploma en medio de convulsiones.

En la carpa donde regala jeringas nuevas y Naloxone, Ramón, un chico con sobrepeso que hace labores de voluntariado, juega con su Nintendo. Se le ocurre un juego en el que los humanitos nacen con una potencia de cien puntos y toman drogas para superar niveles. No saben qué contienen las drogas; con algunas su potencia se eleva, con otras pierden energía y se vacían. Cuando llegan a cincuenta puntos se convierten en zombis. Pueden quedarse en ese estado durante un tiempo pero ya no se recuperan más. También pueden perder esos puntos y desplomarse.

Todo transcurre en un parque: hombres y mujeres rozagantes que sacan a pasear a sus hijos y a sus perros, zombis que se esconden entre los árboles y bajo los bancos. A veces los zombis visitan una carpa donde un joven con sobrepeso les da una droga que los reanima y folletos para estimularlos a cambiar de vida.

Gran idea, piensa Ramón. Se la contará a un amigo que diseña juegos para celulares.

—Es en las cuerdas vocales y está muy avanzado —le dice la doctora a Dharlyn—. Lo lamento.

Olmos y los otros oficiales encargados de los precintos ordenan un rastrillaje a sus hombres para que contacten a los doscientos dílers que tienen fichados en el distrito. La gente no sabe cómo funciona esa relación estrecha, que permite a los dílers operar en ciertos barrios siempre que no se excedan. Mejor tenerlos controlados a dejarlos a su libre albedrío. Los oficiales encargados piden que les informen quién está vendiendo fentanilo; la epidemia debe detenerse.

Los dílers responden que no lo saben; si alguno la ha vendido ha sido mezclada en sus paquetes de heroína, sin que ellos lo supieran.

Olmos y los otros encargados les ruegan un alto a la venta de heroína por un par de semanas. Los dílers se niegan: viven de eso, tienen deudas, necesitan circulante.

Olmos comprende que la persona que está vendiendo fentanilo no forma parte de sus archivos. Puede que venga de otro distrito o de otro estado. Los Apalaches son el desconsuelo puro, los pueblitos de Ohio, Virginia y Pennsylvania le revuelven el alma. Lo peor: algunos barrios de su distrito, comenzando por el de su precinto, son muy frágiles, han sufrido epidemias desde fines de los setenta. Muchos niños vieron cómo a sus padres se los llevaba la heroína y ahora deben enfrentarse a ese mismo problema de adultos. La pobreza se entrega a drogas baratas como a una misionera de la caridad. La heroína llega de China con precios al alcance de todos, mezclada con fentanilo. A eso se añade un nuevo factor: los blancos de clase media también están cayendo. Tal vez eso haga reaccionar al gobierno federal, aunque no lo sabe. Prometieron un nuevo zar y nada, prometieron declarar la «semana de la lucha a los opiáceos» y nada. La guerra contra las drogas es un chiste. El frente de choque ha sido enviado a México cuando debería estar en distritos como el suyo.

–*Well, I won't back down* –canta Matt en la ducha–. *No, I won't back down/ You can stand me up at the gates of hell/ But I won't back down.*

Alice le sigue trayendo al señor Bronson poemas robados de internet. A él le ha gustado uno:
Tuvo una hija
y pasó mucho tiempo sentado en el auto
y en los bares demorando el momento
de volver a casa: le tenía miedo al bebé.
La nostalgia de lo que no hizo lo visita. Hubiera podido estar más acompañado en su vejez.

Se detiene en el pasillo de su casa que da al comedor, las cartas y facturas del correo apiladas sobre un mesa enana roja. Un suspiro de egoísmo congela el tiempo.

Vuelve la imagen de una mujer convulsionando sobre su cama vomitada, y recupera el paso.

Un dron sobrevuela Tremont Park y envía información al centro de monitoreo. Imágenes de parejas abrazándose, jubilados jugando ajedrez, niños en los resbalines, jóvenes en partidos frenéticos de basquetbol. Los patos desfilan en el lago con el plumaje arrebatado por el sol.

El dron se acerca a los lugares donde se reúnen los drogadictos. En una pendiente del parque, en medio del césped, hay una cantidad enorme de plástico anaranjado que pertenecía a jeringas descartadas y agujas torcidas, señal de que quienes las usaron no querían contaminar a otros que las encontraran.

Una niña descalza en un columpio agita la mano al ver que el dron se acerca. Un niño con frenillos montado con su niñera en un subibaja le grita algo. El dron pasa cerca de ellos en vuelo rasante. Más parejas, un grupo de jóvenes jugando fútbol, un sin techo masturbándose.

Cerca de una fuente con un ángel en el centro un hombre con el pelo rapado y bigotes rubios se inyecta una aguja en las venas. El algoritmo del dron reconoce la imagen en su archivo y lanza la alarma. Audrey es la primera en darse cuenta en el centro de monitoreo y lo comunica a la policía. Los compañeros la aplauden, aliviados: se ha terminado la racha de Jennifer.

Audrey tiene marcada bajo la cadera una letra Z de cuatro pulgadas. A los doce escapó de un culto al que pertenecían sus padres. El culto se presentaba como un grupo de autoayuda –«Aprende a cumplir tus deseos eliminando barreras de todo tipo»– y operaba en la capital del estado. El Maestro abusaba de las mujeres y las marcaba con un hierro candente en rituales secretos; las vigilaba con cámaras en los cuartos y en los baños: guardaba los videos para obtener su silencio y complicidad. Una noche se acostó en la cama de Audrey, borracho, y la tocó. Ella les contó de lo ocurrido a sus padres y ellos lo minimizaron. Eso la animó a saltar por una ventana y escaparse una noche húmeda de agosto. Creció con una tía y perdió el rastro de sus padres; supo que hubo denuncias, que la policía estaba tras la pista y había obligado al culto a huir a otro estado.

A veces Audrey cree haberlo superado. Luego vuelven las pesadillas y los deseos.

Un día un amigo díler invita a la mujer tatuada a una fiesta. Ella se ha prometido no probar más coca.

Los amigos de la tatuada se inyectan heroína. Ella dice que no, pero un par de horas después, ya borracha, cambia de opinión. La euforia y relajación no se comparan a nada que haya probado antes. Esa noche duerme en el sofá de la casa. Al día siguiente prueba una dosis pequeña de fentanilo. El golpe es tan potente que ella intuye que no hay vuelta atrás.

Días después venderá el equipo de música a su díler a cambio de unas cuantas dosis de heroína y fentanilo. Endeudada en poco tiempo, llegará a un acuerdo: vender droga para el díler desde su casa en Skyville, quedarse con una comisión.

Jennifer siente los ojos cansados después de tantas horas observando los monitores en las pantallas. Descubre a otro, y a otro, y a otra. Entra al baño y se persigna frente al espejo.

Ray la encuentra tirada en el piso, repitiendo con la mirada en el techo: *ahora y en la hora de nuestra muerte. Ahora y en la hora de nuestra muerte.* Se levanta, mareada, y pide a Ray que la deje sola, pronto estará bien. Ha perdido su gorro verde.

Le tienta pedir vacaciones, incluso cambiar de trabajo, pero no lo hace porque se ha acostado con Audrey el anterior fin de semana y quiere seguir cerca de ella. A veces, al terminar su turno, llama a Matt y le dice que llegará tarde. A la hora del almuerzo las dos se dirigen a un hotel de dos estrellas cerca del precinto, el cuarto oloroso a cigarrillo, las paredes con un empapelado de diseños búlgaros. Audrey se recuesta en la cama y le pide a Jennifer que la golpee. Ella al comienzo no lo entiende, pero un día le da una bofetada tan fuerte que enrojece la mejilla de Audrey y le provoca placer. Audrey también está riendo.

Tocan a la puerta de Clara. Dos agentes del ICE le piden sus papeles y la arrestan. Ella grita que es legal, que su trabajo es indispensable en Tremont Park, que míster Bronson la defenderá. Un agente le dice que mejor se busque un abogado.

En el precinto 48 no le dan la oportunidad de llamar a nadie. Esa misma noche saldrá en un avión rumbo a la frontera, junto a sesenta indocumentados.

Quizás sea mejor así, Clara trata de convencerse mientras se limpia las lágrimas.

Poco después, en el avión, le gana la desesperación y trata de golpear a un agente. La tiran al piso y la esposan.

El señor Bronson va terminando la reunión informativa. La semana pasada perdió a Clara, su mejor trabajadora, la que se hacía cargo de esas reuniones, y está abrumado, por ella y porque él no puede hacerlo todo.

Les hará ver a los nuevos pacientes una película con un mensaje positivo, cabeceará después de media hora, y cuando encienda la luz todavía le tocará entrevistar a un joven flacucho y lentudo que se ha ofrecido de voluntario.

Al joven le dirá su evangelio: no juzgar nunca. ¿Quién sabe qué hay detrás de cada persona que decide inyectarse? Nadie crece pensando: algún día seré drogadicto, algún día moriré de sobredosis. Le contará su historia de iniciación: su pareja lo hacía, y por no perderla, por compartir algo íntimo con ella, decidió acompañarla una vez. No pudo salir durante tres años, la adicción lo llevó al robo y a la cárcel. Para colmo, su pareja lo dejó.

Mucho tiempo después, en el albergue para ancianos al que lo han llevado sus hijos, el oficial Olmos tendrá pesadillas de ese verano en el que la epidemia de fentanilo se llevó a tanta gente de su distrito. Recordará sobre todo al bebé azulado que la oficial Dharlyn encontró envuelto en una manta en un basurero. El bebé tenía su sangre tomada por el opiáceo, todavía estaba vivo y de su boca salían chillidos agudos que le destrozaron el alma. Pusieron la sirena y cruzaron semáforos en rojo para llegar de inmediato al hospital. No hubo suerte.

Olmos había visto tantas cosas –mujeres descuartizadas por asesinos seriales, veintitrés cuerpos tirados en un cine después de que un psicópata disfrazado de Superman abriera fuego–, pero por las noches quedaba el bebé azulado, incluso cuando abría los ojos, y retumbaban sus chillidos en las tardes silenciosas en que sus hijos no venían a visitarlo.

En la clínica donde trabaja de fisioterapeuta, Matt escucha a un hombre quejarse de un dolor en la espalda: se ha hecho un autodiagnóstico en internet y cree que es un problema de osteoartrosis.

–¿No soy muy joven para eso, doctor?

–Todos tenemos artritis con los años –suspira Matt–. A partir de cierta edad lo que queda es puro control del daño.

Un control que a veces no se lleva a cabo, piensa Matt mientras ve los cuerpos deteriorados de sus pacientes. Como él con Jennifer. Porque está claro que algo no funciona: sospecha que ella lo engaña, ni siquiera cubre bien sus huellas. Aun así, no puede tomar la decisión.

Audrey está segura de que hay fantasmas en el centro de monitoreo. Basta que se mueva un segundo de su escritorio para que se pierda algo. Lo último: su vibrador. Rojo, delgado, metálico. Tiene otro en su apartamento, pero este es el que le gusta usar con Jennifer.

Por las noches, cuando la deja el autobús en una parada a dos cuadras de su apartamento, escucha el retumbar de pasos detrás de ella, como si la siguieran. Tan nítidos, que ha llegado a darse la vuelta en posición de apronte, lista para el forcejeo. Lleva una pistola pero sabe que no la usará. No hay nadie. ¿Quién puede ser? ¿Jennifer, el ojo que todo lo ve? Le preocupa. Ella parece haberse enamorado. Audrey, en cambio, sabe que le espera una vida de parejas intermitentes.

Dharlyn llama a sus padres para comunicarles de su enfermedad. Ese día ha sido el último en el trabajo, sus compañeros la han despedido con una torta.

Cuelga: no quiere escuchar sus palabras de consuelo o sentir que se desmayan por su culpa.

Le queda algo de dinero: apuesta todo ese mismo día. No le va bien.

Eso más, carajo.

La policía ha ordenado cámaras de circuito cerrado para monitorear Skyville, donde se ha producido un alarmante número de sobredosis.

Jennifer está observando el monitor 7 cuando descubre un patrón: gente sospechosa que entra y sale a lo largo del día de una casa de un piso en una calle poblada de arces y abetos.

Está segura de que no es magia, de que no es intuición: Jennifer usa su inteligencia y rapidez visual para descubrir patrones de conducta a través de las imágenes que le entregan los monitores, para encontrar ciclos repetidos que le permiten anticiparse por segundos a lo que ocurrirá. Al menos eso cree ella.

Por la tarde una mujer tatuada sale a fumar al jardín de su casa de Skyville, y a Jennifer le llega una iluminación: no puede dejar este trabajo porque ver a los demás y tratar de salvarlos es su único destino. Verlos en la hora de su muerte y verlos en la hora de su abyección.

Llama a la policía, que esta vez no enviará a ningún trabajador social en busca de la mujer tatuada.

Es el mismo oficial Olmos en su auto a cien metros de la casa quien vigilará hasta que la mujer tatuada dé un paso en falso. No tendrá que esperar mucho; un díler que no está en sus archivos aparecerá pronto con un maletín. Olmos conseguirá una orden de arresto y tocará la puerta de la casa acompañado por seis policías. La mujer no ofrecerá resistencia.

Los medios se preguntan si el arresto de la mujer tatuada acabará con la epidemia en el distrito. Sí, al menos por un tiempo.

Un par de años después aparecerá un opiáceo sintético nuevo y más letal.

—Te tengo miedo —le dirá Audrey a Jennifer en la ducha—. Siento que estoy con alguien que ve lo que nadie más ve.

—Eso es una virtud.

Pero esto no lo verás, piensa Audrey, y después de besarla entera la dejará esa misma tarde y pedirá su traslado a la oficina en Miami.

Años después recordará con sus amigos los días de la epidemia, y contará:

—La chica tenía poderes especiales. Es verdad todo lo que se dice de ella. Pero también es verdad que le tenía miedo y no me podía relajar con ella. Me miraba, y sentía que sabía lo que estaba pensando. Lo más curioso es que jamás sospechó que yo haría lo que hice.

Un par de horas a la semana el señor Bronson hace labores de voluntariado en la barcaza flotante que sirve de prisión en el East River. Un día se le acerca la mujer tatuada: quiere librarse de su adicción.

—Yo era una mujer casada feliz. Una buena madre. Mi hija no volverá a hablar conmigo si no estoy limpia.

Bronson la rechaza: aunque no es la única responsable, sí es culpable de muchas muertes.

Al llegar a la puerta de la cárcel al final de la jornada vuelve sobre sus pasos. Se arma de valor y le dice a la mujer tatuada que puede formar parte del grupo.

Matt se entera de que Jennifer lo ha dejado a través un mensaje en su celular.

Un par de meses después de que se declare el final de la epidemia, Jennifer está observando uno de los monitores emplazados sobre South Tremont cuando descubre a un hombre convulsionando a las puertas de una iglesia. Llama al oficial Olmos.

Ahora y en la hora de nuestra muerte.

Bienvenidos al nuevo mundo

Semana uno

El primer día de clases reúno a los nuevos alumnos del doctorado en Global Liberal Studies en el lounge y les digo: *bienvenidos al nuevo mundo*. Con un movimiento abarcador de los brazos, a la manera de un profeta desocupado, les pido que no sean tímidos, acérquense, hay galletas, quesos, refrescos. Hago sonar los huesos de mis manos –llamo *los crujidos* a ese ruido de estalactitas quebrándose–, las convierto en puños de nudillos saltones.

–Será un semestre difícil pero confío en que con su talento y profesionalismo saldremos adelante –el tono amable y engañoso de compañero y no de jefe–. Soy su contacto con la Administración. Su contacto con el mundo, mejor. Enfermero y también doctor. Estoy aquí para darles una mano y resolver sus problemas. Porque los problemas ocurrirán. La entropía es la naturaleza de todos los sistemas y la naturaleza de los enfermeros y doctores es solucionar los problemas. Para eso estamos. Les deseo un buen semestre. Los chicos confían en ustedes y nosotros también.

Gemma, la rubia de pichicas, zapatillas de ballet y un vestido amarillo ceñido al cuerpo, se aleja cuchicheando con Ramón, el chileno de mirada insolente. Les ha debido llamar la atención mi ojo de vidrio, la cicatriz en la ceja y la parálisis en la mejilla, pero, salvo el keniano, no han preguntado nada del tiroteo: demasiado circunspectos y bien portados. Un grupo arcoíris. Funciona bien el algoritmo que escoge las solicitudes. Los hay pobres, asiáticos, latinos y hasta blanquitos. Y está Maia, la albina: nos sacamos la lotería. Si fuera coja o tuviera un déficit de atención sería perfecta.

Salgo al patio iluminado por los rayos del sol que atraviesan el techo de cristal. Un dron circula por el recinto. Los chiquillos entran y salen de las aulas mirando sus celulares, las voces rebotan en las paredes acústicas de Bradlee Hall. Una pantalla de cristal líquido anuncia *Welcome To Carson University, Home of CHESS* (Carson High Energy Synchrotron Source); debajo de esas palabras parpadea el símbolo del infinito, logo de la universidad que replica la forma de los túneles del acelerador de partículas bajo el Arts Quad. Al lado de la estatua de metal verdoso del fundador de la universidad en el centro del patio hay una pizarra con un número en marcador fosforescente, 351, los días sin un tiroteo en el campus. Detrás de las ventanas brillan los recién estrenados edificios de Life Sciences y Computer Science, uno todo fachada de vidrios espejados y el otro una intervención neogótica con torres almenadas. Global Liberal Studies es el único programa enfocado en las humanidades y este el único edificio del campus dedicado a las artes, una resistencia que cualquier rato caerá.

Será mi último semestre. Ojalá. Por si acaso, hay que prepararse para ello.

Es un lindo día para estar aquí adentro.

Semana Dos

Gemma viene a quejarse a mi oficina. ¿Por qué tantas reuniones? ¿Y esos correos a las tres de la mañana? Se come las uñas mientras habla, como si le estuviera costando desenredar su listado de indignidades. Se fija en un certificado de aprobación de un curso de seguridad de armas de fuego cerca del librero. Beatriz zumba sobre su cabeza y la asusta. El canario aterriza en la mesa, picotea un lapicero.

Gemma tampoco está contenta con que los lunes por la noche la hagamos enseñar un curso virtual, ni con el taller obligatorio para aprender a programar. No lleva maquillaje, está de shorts y con la blusa arrugada; ¿qué fue de sus vestidos color pastel de la semana de orientación y de sus uñas bien pintadas? El ritmo de la universidad le está ganando la partida.

Le ofrezco chocolates y le respondo sin perder la compostura que por malas experiencias de años anteriores es mejor monitorear de cerca a los instructores. Intentar adelantarse a la entropía. Eso solo se puede hacer si uno no les pierde pisada. Por eso también existen drones y cámaras de circuito cerrado en las aulas. Tampoco hay que perder de vista a los suicidas y a los alumnos que por culpa de una mala nota son capaces de venir al campus con una semiautomática y cargarse a unos cuantos. Sabe –todos los alumnos del programa lo saben– del tiroteo al que sobreviví; mencionar la amenaza de violencia me da una superioridad moral que ellos no pueden contrarrestar.

–No pensé que la beca-trabajo podía ser tan exigente.

–Es cuestión de acostumbrarse, Gemma. Los alumnos de cursos avanzados se quejaban igual pero ahora están contentos.

No le digo que una chica de segundo año ha desaparecido la semana pasada, ni que estoy feliz por ella e incluso la envidio. Ha desaparecido gracias a las pastillas *sincro*. Gemma quizás las descubra este semestre. Veremos si tiene suerte o si termina atorándose en el deseo como yo.

Se distrae con el holograma de Beatriz, una mancha amarilla relampagueante que planea por el despacho antes de regresar a su jaula virtual. Dice que por un rato pensó que Beatriz existía.

–Beatriz existe. Mejor que no te escuche. Es la mascota de este piso.

No le digo que hay otro canario llamado Beatriz en mi apartamento. La otra Beatriz es un canario de verdad, pero mi cariño por esta Beatriz no es diferente.

Gemma insiste con sus quejas: se ve sobre todo como una alumna del doctorado que también enseña. Es de una familia venida a menos –un tatarabuelo diseñó la botella de un desaparecido refresco de cola–, pero tiene sus estándares. Me cubro la boca tratando de que no vea mi sonrisa burlona; la pobre, ingenua, no sabe que la beca que le dimos era más que nada una forma de conseguir mano de obra barata.

Le pregunto si quiere conseguir trabajo después.

–Claro que sí.

–Menos del cinco por ciento de tu promoción conseguirá trabajo, Gemma.

–El tres punto nueve.

–Cuatro punto uno, creo, el último dato. Debes prepararte bien para ese momento. Necesitarás cartas de tus supervisores que hablen de tu dedicación al alumnado, un dosier con las evaluaciones, los premios ganados, los seminarios pedagógicos a los que has asistido. No todo son estudios. Estás construyendo las primeras semanas de tu carrera profesional.

No sé cuán efectivo es mi discurso. Lo son más las estadísticas. Saben que es difícil, son conscientes de que las humanidades se van a pique, pero también están seguros de ser ellos los elegidos, los que conseguirán el puesto que sus compañeros no.

–¿Y hay forma de que no tome el taller para programar?

–Es un requisito. *Se necesita de nuestra mirada crítica para interpretar los sistemas algorítmicos...*

–*... en los que estamos envueltos en cada momento de nuestras vidas.* Leí la descripción del curso. Odio los números. Hasta multiplicar me cuesta.

–Tienes que verlo como un lenguaje más útil que cualquier otro. Para todos. Incluso para nosotros.

No parece convencida. Antes de partir se fija en los objetos sobre mi mesa. Un reloj que solo marca cinco horas. Una moneda de siete lados. El exoesqueleto de un cangrejo. Una sustancia de color índigo en un pocillo, pegajosa como la baba de un gusano.

–Cosas que me traen los alumnos de sus viajes.

–¿Una moneda de siete lados?

–Te sorprenderías de adónde viaja la gente. Espero que tú me traigas alguna.

Gemma sale de la oficina sin despedirse. Beatriz gorjea.

Al llegar a mi apartamento me recibe el olor a carne en descomposición de la estapelia. Lo aplaco con *spray* de lavanda. Saludo a la tortuga AC/DC, a la rana Pac-

Man y al dragón barbudo Miguelito en los terrarios en el comedor, y dirijo unas palabras a las macetas de cactus y suculentas –colas de burro, coronas de espinas, árboles de jade– sobre el reborde de la ventana de la cocina y los muebles del cuarto.

Tomo dos pastillas verdes con la forma del símbolo del infinito y las acompaño con un vaso de agua. El chico de ingeniería que me las vendió justificó su precio altísimo diciendo que eran auténticas *sincro*, bañadas con los rayos x del sincrotrón. Me pidió que tuviera cuidado, si las autoridades me descubrían con ellas, y peor dentro del campus, podría meter en un lío a los técnicos de CHESS que hacían su negocio ilegal.

Saco a Beatriz de su jaula y me echo en la cama con ella sobre mi pecho. El canario se mueve, inquieto; sus patitas son cosquillas en torno a mi corazón. Acaricio su cabeza, me estremezco con su cuerpo caliente, dejo que me picotee el brazo. Beatriz es una emplumada bola de vida.

No tengas miedo, niña, todo saldrá bien.

Voy sintiendo el abrazo químico de la pastilla. La náusea reverbera en la garganta.

Un resplandor azul oscuro inunda el cuarto y me va tragando. Me despido de Beatriz, que se ha dormido sobre mi pecho. Acaricio la ceja y la mejilla, un gesto mecánico nacido después del tiroteo, en el hospital, cuando todavía quería que las cosas volvieran a ser como eran minutos antes de los disparos. Me cuesta percibir la profundidad –debo medir con cuidado mi distancia de los objetos y las personas– y de parado tiendo a ladearme hacia la derecha, donde está mi ojo sano; dicen que uno se acostumbra a todo. Sí, pero no.

Cierro mi ojo. Nado por aguas espesas, un lodo primordial me lleva hacia un túnel de paredes membranosas cruzadas por nervaduras, con un espinazo cartilaginoso, que se estrecha de a poco. Pasaré por ahí, ya lo he hecho, pero ¿podré quedarme esta vez en el otro lado?

Veo un canario. Dos canarios. Tres canarios.

El plumaje de Beatriz se vuelve escamoso y multicolor. Su trino celestial me arrulla. Quiero creer que es el anuncio del ingreso a otro mundo.

Veo treinta y siete canarios. Veo doscientos quince canarios.

Una explosión. Plumas flotando en el aire terroso.

A la mañana siguiente, cuando despierto, Beatriz no está.

Me duele la cabeza y transpiro. Siento el cuerpo aplastado, como si mis huesos hubieran perdido consistencia.

Aparecen en mi mente imágenes de un bosque petrificado, escarabajos enormes como la mitad de mi brazo y pájaros con picos de metal. Es de noche, camino por un sendero flanqueado por hormigas que resplandecen como luciérnagas y que me llevan a una casa en medio de un claro. Abro la puerta: reconozco los cuadros, las suculentas, y a Beatriz. Es mi casa en *el otro lado*, la que he estado construyendo viaje tras viaje, *sincro* tras *sincro*.

Quiero quedarme, pero una mano me agarra del cuello y me devuelve a Carson City. Estoy a punto de decidir que todo es un sueño cuando siento que algo camina por mi lengua. De mi boca sale un contingente de hormigas luminosas.

Me levanto de la cama con pesadez; cuesta estirar los músculos contraídos. Regresa el dolor cuando extiendo la columna. Reúno las hormigas –luces coloridas e intermitentes diseminadas entre las sábanas– y las llevo al terrario. Veremos si permanecen o si, como en otras ocasiones, se van derritiendo y *desviven*. Es complicado materializarse en este mundo.

El chico que me vendió las pastillas *sincro* no me pudo prometer lo que le pedía. ¿Así que te quieres ir al otro lado? No es fácil, dijo. Es una leyenda del campus. Al acelerador de partículas se le atribuyen más propiedades de las que tiene. Nuestros cuerpos son pesados para un viaje de esta naturaleza.

Deberé volver a intentarlo.

Semana Tres

El día de la primera prueba para sus estudiantes Maia viene a contarme que no puede más; hace varias clases que ha estado reemplazando a Ramón, el español. Sobre su piel blanquísima las venas azules se alborotan. Se entretiene con sus gafas, nerviosa. Qué lindos ojos verdes, aunque desenfocados. En su solicitud decía que era bizca y recién ahora descubro cuánto.

La tranquilizo con un par de frases y le digo que se despreocupe, me haré cargo. Me agradece, efusiva. Promete que me preparará galletas. Le digo que no es necesario. Insiste: le hace bien el trabajo manual en medio de tanta dedicación a labores del intelecto. Rara la muchacha.

Llamo a Ramón. Le informo que ahora mismo iré a verlo a su dorm.

Un par de alumnos en el Arts Quad quiere hablarme pero no me detengo, preocupado como estoy contando mis pasos. Otros chicos sacan fotos y filman los brillosos arces japoneses, el paisaje bucólico por donde estudian o juegan frisbee; a cuarenta pies de profundidad están los túneles del sincrotrón, por los que circula casi a la velocidad de la luz una fuente de rayos x, positrones y electrones con los que los científicos hacen experimentos con metales y consiguen sustancias nuevas para las grandes farmacéuticas.

Paso al lado de la torre del tiroteo (tres años atrás, dieciséis muertos y varios heridos), convertida en monumento. Regresan *los crujidos*: comienzan en las manos y se esparcen por el cuerpo a través de los huesos. Es como el golpeteo de las alas de miles de moscardones apareándose al mismo tiempo. Así debería sonar una música siniestra de las esferas. No debería venir por aquí, pero es mi ritual, para ahuyentar la ansiedad. Igual no hago más que replegarla por unos días para que vuelva luego con fuerza a acogotarme.

Ya me iré, ya me estoy yendo.

El autor del tiroteo era un estudiante portugués de sociología. Terminó su doctorado y estuvo dos años más con una beca-trabajo. No consiguió nada en el mercado, y sus profesores no lo pudieron ayudar más. El día en que recibió la carta que le anunciaba que no se le renovaría la beca salió rumbo a la torre con un fusil comprado en Walmart. Yo enseñaba mi clase de español bajo una zelkova frondosa y amarillenta en el Arts Quad cuando escuché los disparos. Traté de que mis alumnos mantuvieran la calma, pero ellos se espantaron y corrieron rumbo a Bradlee Hall y la biblioteca. Me alejé de la protección de la zelkova y recibí el disparo en la cara.

El viento abraza y empuja; desde la colina se observan las luces del pueblo. Dicen que somos una burbuja y que allá abajo está el mundo real, pero no es verdad. Alguna vez logramos aislarnos, como los monasterios medievales;

fuimos islas de información capaces de retrasar la entropía. Pero han transcurrido los años y ahora somos la universidad del sincrotrón y de los tiroteos.

En las paredes del cuarto de Ramón se aglomeran afiches de jugadores de eFútbol y hay un anuncio de una conferencia sobre los procesos cognitivos de los chimpancés (debo acercarme para leer los detalles). Reconoce estar agotado: toma cinco clases y con lo que le requiere la preparación de la que enseña a veces se va a dormir a la madrugada. Se retrasó y Maia lo estuvo ayudando.

–La siguiente debes confiar en mí –le doy una palmada en la espalda–. Para eso estoy.

Le ofrezco una pastilla anaranjada romboidal. Me mira con desconfianza, pero sabe que no se puede negar. Ha firmado papeles que autorizan a la universidad a tratarlo si lo ve conveniente.

–Diseñada especialmente para ti. Tomando en cuenta tus datos genéticos, tu perfil metabólico y tu microbioma personal. Te sentirás mejor pronto, es de efecto instantáneo. Te darán energía, te mantendrán más despierto.

Se la toma con un vaso de agua. Le doy un par más, para los siguientes días.

–Ya lo verás cuando te vayas a dormir. Será el mejor de los sueños. Por un momento, al despertar, creerás que estás en el cielo. Es una pastillita mágica.

–¿Un truco de su arsenal?

–Pues sí, tengo varios.

Antes de salir comenta que está asistiendo a unas reuniones en Computer Sciences, de un club en honor al sincrotrón. El acelerador de partículas del campus, dicen, es una versión del Profundo, el dios que mora en la deep web. No es religioso pero le intriga ese culto tan extendido entre los alumnos de las ciencias. Al sincrotrón se le atribuyen propiedades mágicas: dicen que no solo muestra ciertas propiedades de la realidad sino que también la afecta. Que hay zonas en el campus en que el tiempo y el espacio se comportan de manera diferente. Que un alumno que recibió por accidente los rayos del sincrotrón desapareció días después sin dejar ninguna huella. Como si se hubiera pulverizado. Y que eso hace pensar que el sincrotrón es en realidad un portal a otras dimensiones.

—El culto también se extiende entre nuestros alumnos, Ramón, solo que son más discretos. Es inevitable. Si hay cerca de ti un artefacto capaz de crear metales nuevos, estudiar la estructura molecular de un espécimen biológico o descubrir al detalle todas las sustancias de que está hecho un manuscrito medieval, ¿no lo adorarías? El acelerador de partículas es potentísimo. Los rayos x sirven para todo. Llegan a donde no llegamos.

Me escucha en silencio. Deambulo por la sala tomando nota del desorden mientras memorizo las distancias. Lo llevo luego por los pasillos del dorm hasta llegar al que me interesa. Le explico:

—En este pasillo hay quince ventanas. Sin embargo, hay solo catorce apartamentos. No es que un apartamento tenga dos ventanas. Todos los apartamentos tienen una sola ventana. Es decir, una ventana no da a nada. Da al vacío, a la ausencia.

Me mira como si no me comprendiera del todo.

—La geometría del campus es extraña. En los dorms hay puertas que no dan a ninguna parte y pasillos sin salida. Aulas que todavía no han sido abiertas. Pisos sin estrenar, no contabilizados a la entrada de los edificios. ¿Hechos por los constructores de la universidad o por el sincrotrón? No estoy seguro. Los constructores de la universidad pertenecían a cultos diversos de fines del siglo pasado. Oraban a dioses que aparecieron como respuesta al avance de las ciencias. Por eso existe el culto del sincrotrón o el del Profundo, y por eso también en medio de tanto orden hay sabotajes a ese mismo orden. Este templo del saber es una casa embrujada, aunque son más las vidas que se pierden por haber fallado a la razón que por entregarse al desorden. Los chicos que se despiden de este mundo por no aprobar un examen o no conseguir trabajo. Y los que quieren despedirse llevándose a algunos de nosotros.

Me mira asustado. Me tienta darle una pastilla bañada por los rayos x, para que sepa de verdad qué es lo que puede hacer el sincrotrón, pero algo me dice que no está preparado todavía. No lo hago. Hay que ver bien quién se merece esos regalos caros.

–No pongas esa cara. Estás en buenas manos.

Me quiere abrazar pero no me dejo.

Semana Cuatro

Green, el administrador del programa, me muestra un video del circuito cerrado en el que Mukoma les habla en suajili a los alumnos de su clase de sociología. Una chica pecosa y enchinelada con el piercing de un ancla de cobre en la nariz se levanta para irse, y él le dice, esta vez en inglés, qué bueno, un examen menos para corregir. Dibuja ovejas emparejadas en la pizarra y les dice que espera que hayan comenzado a salir juntos, lo que quiere sobre todo es ayudarlos a encontrar pareja. Ellos sonríen, incómodos. Al hablarles del examen de la semana siguiente les dice que si van a plagiar que lo hagan bien para que él no se dé cuenta, si no luego es todo un lío ir a las reuniones del comité de disciplina.

Green y la consejera de Mukoma me piden que intervenga. Me acerco a él después de clase. Hablamos en el pasillo, le pido que baje la voz para no llamar la atención. Mete las manos en los bolsillos de los pantalones, no disimula su desinterés. Piensa que sus estudios no tienen sentido. Sus amigos en las ciencias apenas han comenzado la carrera y ya reciben ofertas de trabajo o están creando sus propias empresas. Sus cursos son de ochenta alumnos mientras que los nuestros rondan los diez. Manejan algoritmos que les permiten maximizar sus apuestas en la bolsa.

—¿Y no ha visto que el gobierno federal acaba de donar treinta millones para el sincrotrón?

—Sí, claro. Se crearán ciento cincuenta trabajos en el campus. Es cierto, Mukoma. No es una mala noticia. No es en nuestro campo, pero igual.

—Es que nunca es en nuestro campo.

Le ofrezco una pastilla rosada hexagonal y una botella de agua para que se la tome de inmediato.

—¿Es de las *sincro*?

—¿Qué sabes de ellas?

—Lo que todo el mundo comenta. Que son carísimas pero que el viaje lo justifica todo.

—Es una leyenda del campus. Yo creo que ni existen. En todo caso, no. Esta es una pastilla personalizada para ti.

Se niega a tomarla.

—Es un camino muy largo y todos tenemos dudas en nuestra vocación. Esto nos ayuda a reafirmarnos. Verás que no te equivocas. Yo comencé con la ingeniería y terminé en las humanidades. No me arrepiento. En ese entonces no había pastillas y teníamos que hacerlo solos. Pero, si hay ayuda química, ¿por qué no tomarla?

—Esa es otra manera de reafirmar la centralidad de las ciencias —dice él, perspicaz—. Prefiero un camino natural.

Podría obligarlo pero no lo hago. Ya verá lo difícil que es lidiar en el nuevo mundo sin ayuda química.

Por la noche, después de enfrentarme al aroma acre de la estrapelia, tomar mi pastilla *sincro* y despedirme con solemne reverencia de AC/DC, Pac-Man y Miguelito, descubro que han desaparecido los cuadros de la sala; las paredes están como ciegas, sin las luces templadas y envolventes de los cuadros que compré al trasladarme. También faltan el pescado de metal que me regaló mi madre cuando partí la primera vez y que usaba de pisapapeles, y la casa de muñecas que dejó una novia apurada a la que hice huir.

El apartamento se va despoblando de a poco. Por eso prefiero que no me visite nadie.

Solo se escuchan las cañerías con hipo del edificio. Extraño los gorjeos de Beatriz. Su ausencia es un dolor que despierta los *crujidos*. Hago esfuerzos por calmarme.

Beatriz: ojalá te vaya bien en el otro lado. Pronto nos reuniremos. Te lo prometo.

Voy cayendo en la duermevela abrazado a mi suculenta preferida, la corona de espinas con su única flor rojiza, traída por un colega desde Madagascar. El resplandor azul oscuro invade el cuarto. Llegan las aguas espesas por las que floto, a lo lejos se dibuja el túnel membranoso como el ojo de una aguja.

Si creyera en algún dios le pediría ayuda. Pero no hay nadie, y una vez más debo hacer el viaje solo. ¿Se abrirá la compuerta?

A la madrugada siguiente despierto transpirando y con náuseas. Los retortijones me sacuden. Me vacío en el baño, dejo el piso lleno de grumos cenicientos y marrones. El dolor de cabeza es como si alguien me taladrara las sienes con un punzón. Como si hubiera escasa irrigación de sangre por falta de oxígeno. Como si tuviera mal de altura.

No está conmigo la corona de espinas. Sí, se ha ido al *otro lado*. Pero yo no me he podido quedar allá, en la casa que he ido armando con paciencia a lo largo de mis viajes.

Hay que insistir.

Semana Cinco

Maia ha tenido un brote psicótico pero se niega a ir al hospital. Su consejera se ha comunicado conmigo para decirme que hay que hablar con sus padres. Una compañera pasó la noche con ella y logró tranquilizarla.

La encuentro en la cocina de su apartamento recitando frases de Wittgenstein. *No es tanto que haya vida en el misterio, el misterio es que haya vida.* Sus manos están embadurnadas de harina, ha preparado pan de sémola. El pan está en el horno y me dice que mañana me llevará un pedazo a la oficina.

Me cuenta que lee a Wittgenstein no como filosofía sino como un camino místico de vida.

—Tiene sentido —respondo con mis frases de bolsillo, pulidas para estas ocasiones—. La universidad es un buen lugar para encontrar la trascendencia. Somos responsables de tantas cosas y personas y nos sentimos tan precarios y vulnerables, es bueno buscar un balance cósmico.

Asiente. Una vez sus padres la llevaron de vacaciones a un hotel en el Caribe. Allí descubrió que era diferente a todos y se preguntó qué hacía una albina en un todo-incluido.

El mundo le pesó durante un tiempo, hasta que una crisis la llevó a intentar aligerarse de esa carga. La universidad fue su escape, en el campus no la miraban raro. Pero duró poco. Está en esa lucha.

Al verla más tranquila le ofrezco su pastilla. La mira con desconfianza.

–Medicina de precisión. Confía en mí.

–Pero... los efectos secundarios...

–Más importantes son los primarios. Hacer bien tu trabajo. No descuidar tus estudios. Ser feliz, en resumen.

–Ser feliz es un sentimiento muy básico.

Está a punto de devolverme la pastilla pero no se anima. Conozco a estos chicos.

Antes de salir le digo que me he equivocado de pastilla. Le doy una bañada con los rayos del sincrotrón. Se lo merece.

Semana Seis

A estas alturas del semestre todos los chicos bajo mi supervisión están tomando sus pastillas. Incluso Mukoma, que después de otra crisis me llamó una madrugada para pedirme una dosis y debí correr a su dorm. Solo Maia ha recibido pastillas *sincro* (la he visto por los pasillos y dando clases: no se ha ido al *otro lado*, es de esa gran mayoría a la que las *sincro* mejoran la vida pero no *traspasan*).

Conozco bien los ritmos, los ciclos. Hay paz en los pasillos de Bradlee Hall. Puedo relajarme un poco, tomar un café en el patio, mirar el sol a través del techo acristalado. Los chicos todavía andan de polera, las chicas de shorts y chinelas, en sus rostros revuela el entusiasmo, la sonrisa fácil. Pronto comenzará a oscurecer temprano, llegará el frío, habrá otros problemas. Hay que estar preparado.

En una reunión de los profesores se ha discutido la posibilidad de comprar lámparas ultravioleta para las oficinas de los instructores: las viejas soluciones siguen siendo las mejores. Les he dicho que no se preocupen, estoy en coordinación con el centro de salud y lo que tengo en mis bolsillos es más poderoso que cualquier lámpara. Una profesora joven recién contratada –esa rareza que hace creer a todos que el sistema funciona– me pregunta si ella también puede recibir mis regalos, y yo le informo que no tengo autoridad con los profesores y que debe ir directamente al centro de salud.

Green agradece el celo con que hago mi trabajo. Seguro agradece más que no haya llevado a juicio a la universidad después del tiroteo. Pensaban despedirme poco antes del incidente, pero el tiroteo cambió todo. Me gané un puesto permanente. Ya no enseño, es cierto, pero encontré mi vocación. Una vocación que me ha ayudado a sobrellevar estos años que van llegando a su fin, aunque mis colegas todavía no lo sepan. ¿Para qué adelantarme? Primero debo asegurarme de que mi partida ocurra de verdad.

De regreso al apartamento caminando –estoy prohibido de conducir– vuelven *los crujidos* con fuerza y me obligan a detenerme en una esquina cerca de una parque con los aspersores encendidos. Me apoyo contra una pared. Mis huesos parecen deshacerse. Deben estar rellenos de una sustancia líquida.

Me toco la ceja. La cicatriz, ¿ha crecido? Fui con esa queja al doctor un par de veces; dijo que eran ideas mías. Me saco fotos todo el tiempo. Y sí: ideas mías.

Un policía se me acerca. Le digo que estoy bien y me deja tranquilo.

Semana Siete

Ramón se ha enganchado a las pastillas. Viene cada rato a pedírmelas y debo dosificárselas. A veces se sitúa a la entrada de Bradlee Hall y pregunta a los alumnos si no tienen una extra. Algunos se aprovechan de su entusiasmo y le venden versiones genéricas, pirateadas, no tan buenas, hechas por los mismos alumnos y algún profesor en los sótanos del edificio de Life Sciences. Esas, claro, no son las mismas que las que han pasado por el sincrotrón.

Gemma también ha comenzado a tomarlas. Era la más reacia, pero en una semana debió entregar dos video-trabajos y para no retrasarse en la preparación de sus clases recurrió a mis servicios. Dice que sus estudiantes están felices con ella, la ven de buen humor, relajada. Está disfrutando del taller de programación y por las noches tiene sueños apacibles. A veces se ve en otro planeta. Está echada en la arena en una playa, los cangrejos salen del agua y corren a esconderse entre las rocas. La alumbra un sol radiactivo y a lo lejos se dibujan nubes como surgidas de una explosión nuclear, pero ella se encuentra en paz con todo lo que la rodea, alejada de la entropía. Todos somos pequeñas burbujas que al unirse forman la gran burbuja del universo.

Puede que esté lista para una *sincro*, pienso al escucharla. Mejor espero. Es mi misión hacerla feliz. Las pastillas la están ayudando a tener una relación más amable con la realidad. ¿Para qué desestabilizarla?

Gemma quiere saber más de mí. Le digo que yo no interesso, pero no le digo que algún día quise ser como ellos, los nuevos. Estudiar y trabajar para ir al *otro lado*. No le digo que cuando vi que llegar a ese *otro lado* se fue haciendo cada vez más difícil me ahogué en el alcohol y la desidia.

Me reprobaron en una evaluación de fin de semestre. Ocurrió el tiroteo de la torre. Los decanos, temerosos ante los juicios que se les avecinaban, me ofrecieron dedicarme a dar la bienvenida a los nuevos al nuevo mundo. Acepté, al menos por un tiempo. Quería ver cómo evolucionaban *los crujidos* y mi vista. Tampoco tenía adónde ir. Ahora mi panorama está más claro.

Por la noche, después de tomar la *sincro*, me acuesto abrazado a mi cuaderno de tapas azules NOTEBOOK 5. Lo guardo desde la infancia. Ahí anoté las primeras cosas que me llamaban la atención del funcionamiento del mundo, letra que me cuesta leer hoy. *¿Por qué soy y no no soy? ¿Por qué hay algo en vez de nada?* Preguntas banales, lo sé, pero tenía ocho años. Creí que las ciencias me ayudarían a encontrar las respuestas. Fracasé como alumno de ingeniería; una crisis me tuvo monologando durante un año frente al espejo del baño de mi apartamento. Vinieron las humanidades. Tampoco han ayudado mucho, pero al menos me han enseñado a decir de manera más original las mismas cosas que decía a los ocho años. O entender las cosas complejas que otros dicen y que encapsulan lo que sentía durante la infancia.

Beatriz, la corona de espinas, el NOTEBOOK 5. Solo las cosas importantes. Hay que viajar con el equipaje ligero.

La pastilla va haciendo efecto. Me acaricio la mejilla. Quisiera que una tormenta eléctrica la despierte. Pero no.

Aparecen el resplandor azul, las aguas espesas, el túnel membranoso.

Viajo al *otro lado*. Pero vuelvo a Carson City por la madrugada, mareado, con un dolor de cabeza que me obliga a pedir licencia por el día. Entre mis labios hay una flor negra que jamás he visto por estos lados.

El NOTEBOOK 5 se queda allá.

Hay que seguir intentando.

Semana Ocho

Maia no puede dormir. La gana la compulsión a trabajar y estudiar. Un efecto colateral de las pastillas. El motor se recalienta y uno no puede apagarlo. Veinticuatro horas del día, siete horas a la semana, los chicos estudian y trabajan y se sienten felices haciéndolo. Terminan reventando en el hospital.

Me acerco a darle otra pastilla. Ella se niega.

–Me pasó algo raro hace un par de días. Antes de dormirme vi una luz azul intensa. Desperté con una sensación rara en mi boca y todo mi cuerpo mojado. Me dieron arcadas y corrí al baño. Escupí arena. Era arena, estoy segura, pero de nervios largué la cadena. Pero ¿cómo podía ser arena?

–Quizás sea un efecto derivado de la pastilla. Una especie de reflujo gástrico.

Mis palabras no la calman.

–¿Es ese el camino? ¿Me voy a traspasar, como dicen los chicos de ingeniería? Tengo recuerdos nítidos de lo que ocurrió esa noche. Estaba en una casa en una colina. En una comunidad de hombres y mujeres con cola. Tenía dos esposas y siete hijos. Nos comunicábamos tocándonos el cuerpo, entendíamos perfectamente lo que decía el otro sin necesidad de hablar. No sé cómo explicarlo, eran más que sueños. Como si hubiera vivido de verdad lo que le estoy contando.

No le quiero decir lo que sé, no todavía. Vuelvo a ofrecerle otra pastilla bañada por el sincrotrón (gasto en ellas más de la cuenta). Me mira recelosa. No puede decirme no.

Semana Nueve

Mukoma dice que tuvo un encuentro místico con el Profundo. Una madrugada en el laboratorio del edificio de Ciencias y Tecnología, después de seis horas de trabajo ininterrumpido, se vio a sí mismo convertido en el símbolo del infinito; la pantalla lo abdujo y navegó entre los fractales creados por los algoritmos. Ingresó a la deep web, y ahí, después de superar grutas fractales llenas de glitches, fue emboscado por los rayos del sincrotrón. Aquello que era una dualidad, su cuerpo enfrentado al código binario de la máquina, se convirtió en una unidad. Una experiencia mística, trascendente. Salió entregado al Profundo y al sincrotrón. ¿O son uno los dos?

–He pedido visitar los túneles del Arts Quad en el tour semanal, pero dicen que debo esperar hasta el próximo semestre. Da miedo. ¿Será verdad que los que tienen el encuentro permanente se traspasan al acelerador de partículas y que sus cuerpos se quedan en estado vegetativo en los sótanos del centro de salud?

No le respondo nada. Ni siquiera le pregunto qué hacía en ese laboratorio por la madrugada. ¿Tanta pastilla le produjo su encuentro místico? ¿Está listo para una *sincro*, o será que se consiguió una por su cuenta? Creo saber lo más importante de los alumnos a mi cargo, pero no faltan los que me superan.

–He pensado hasta cambiarme de carrera. El sincrotrón es más afín a los que estudian ciencias.

–El sincrotrón es ecuménico, Mukoma. De la ciencia nadie se libra. Ten paciencia y volverá.

–¿Y si no?

–Ahí hablaremos.

Semana Diez

Maia dice que ha vuelto a encontrarse con la luz azul y a amanecer con arena en la boca. Esta vez no la vomitó, la tiene guardada en un frasco y quiere hacerla analizar.

También ha despertado con las hojas de un árbol entre los labios. Las hojas están hechas de una sustancia extraña, una aleación desconocida: suenan como si fueran de metal, se doblan como si se tratara de plástico. Dice que antes de dormirse sintió que resbalaba por un túnel.

¿Qué más? Una madrugada tuvo un caracol viscoso entre sus dientes y algas sobre sus mejillas, y ha escupido un ciempiés marrón con largas antenas. En sus pies y manos había lodo.

—En efecto —le digo después de llamarla a mi oficina—, te he aumentado la dosis. La arena es real, al igual que las hojas y el caracol y el ciempiés.

La Beatriz virtual vuela sobre su cabeza, se posa en la mano de Maia, que la esconde, aterrada. Un dron pasa por la puerta entreabierta. Trato de refrenar mis celos. Maia está reaccionando bien a la *sincro* y no me sorprendería que lograra lo que yo no.

—Es lo normal —continúo—. Se viene la recta final del semestre, ya tu cuerpo se ha acostumbrado a la dosis anterior y eso iba a hacer que perdiera efecto.

Maia está a punto de llorar. Les ha contado de lo ocurrido a sus padres y le han dicho que se vuelva de inmediato.

—¿Por qué no me lo dijo antes? ¿Por qué me mintió cuando se lo pregunté?

—No pasa nada, Maia, tranquila. O bueno, sí, pasa algo, pero nada como para que te asustes. Ocurre que la nueva pastilla no solo modifica tu concepción de la realidad sino que es capaz de crear nuevas realidades materiales.

Por lo pronto, arena, piedras, caracoles, ciempiés. Cosas que conoces de este mundo, porque la pastilla trabaja en principio con el material que tu cerebro le da, aunque un poco descentradas, con formas o materiales que no son los que uno asocia con ellas. Eso va cambiando de a poco y aparecen cosas raras, del subconsciente más profundo.

–Pero es que eso me supera –la voz tensa–. No me está diciendo cualquier cosa.

–Bueno, sí. Algunos fragmentos de tus sueños se irán materializando. Es un viaje de ida y vuelta a la velocidad de la luz.

–Lo dice como si fuera algo normal.

–Es que llegará a ser normal. A veces lograrás traer cosas del *otro lado*. Y a veces lograrás llevar pedazos de esta realidad a la del *otro lado*. Efectos secundarios inevitables.

Señalo los objetos en mi mesa. El reloj que solo marca cinco horas, la moneda de siete lados, la baba color índigo de un gusano, el exoesqueleto de un cangrejo.

–Algunos los traje yo de mis viajes, otros los alumnos.

Maia pregunta: ¿hay algo más que deba saber?

–Bueno –me levanto del sillón reclinable–, ya lo sabes. Puede que te traspases. Que despiertes al otro lado y no vuelvas más aquí. De los seis chicos del año pasado quedan cinco entre nosotros. Eso no se puede planear. Ocurre, y punto. Son los riesgos del sistema, de la lucha contra la entropía. Bien mirado, para algunos eso no es malo. Es bueno tener un *otro lado* que nos permita balancear la vida en este lado.

–Pero ¿adónde iré?

–No lo sé con precisión.

No le digo que a veces hay malos viajes. Que uno puede irse pero no llevarse el cuerpo, y que este queda entre nosotros en estado vegetativo. Es uno de mis mayores miedos.

Maia señala entre lágrimas que ella creía que el *otro lado* era lo que estaba más allá de la universidad. El mundo al que la universidad la preparaba para enfrentarse.

Le doy las estadísticas de cuántos consiguen algo allá después de terminar sus estudios.

–Es mejor, entonces, que el *otro lado* esté aquí.

–¿Aquí?

–Bueno, no aquí. Pero tampoco allá. Simplemente, en *otro lado*.

–Sospechaba algo. Los chicos antiguos nos contaron algunas cosas.

–Ellos no pueden ser muy específicos. El ajuste es perfecto. Ya no se dan cuenta de aquello que no es normal para ellos.

–Entonces…

–Bienvenida al nuevo mundo.

Semana Once

Gemma y Ramón son los más adaptados. Veo en sus caras el momento en que todo va cambiando. El proceso no es fácil. Entenderán que es por su bien. Todo es por su bien.

Mukoma ha pedido transferirse a una carrera de ciencias. No lo aceptarán, pero ese no es mi problema.

Una tarde Maia terminó de dar su clase, salió caminando por los pasillos del subsuelo de Bradlee Hall, y antes de llegar a la salida ya había desaparecido. Su cuarto en el apartamento que compartía con dos chicas en el dorm está intacto; sus padres han venido a buscar sus pertenencias y amenazan con llevar a juicio a la universidad, pero no tienen ninguna prueba de que esta tenga algo que ver con su desaparición.

Me alegra mucho lo de Maia. Que al menos le toque a alguien.

Yo solo cumplo con mi misión.

Green pasa a saludarme. Me pregunta si sé algo de Maia. Niego con la cabeza. Preocupante, dice, y me cuenta que al menos no costó encontrar a alguien que la reemplazara.

–Cada vez más complicados estos chicos. Pudo haber avisado.

Dice que los nuevos han resultado dóciles. Quiero contarle que no ha sido tan fácil, que ha habido infartos psíquicos, pero me conviene protegerlo de la verdad. Green está alejado del trabajo diario con los alumnos. Yo funciono mejor mientras más invisible sea.

Le advierto que habrá baches en el camino. No todos serán buenos trabajadores. Algunos querrán volver a lo de antes. Algunos se acordarán de que les gustaba estudiar y querrán recuperar el camino del conocimiento.

–Hay que estar preparados –le digo.

Mi cuerpo se dirige al café en el patio con la satisfacción del deber cumplido.

Apenas llegue a mi apartamento volveré a intentar irme de aquí. Todo el tiempo lo intento, desde el tiroteo. Al principio lo hacía pensando en el portugués, con rabia. Luego me olvidé de él.

Cerraré la puerta y las ventanas, regaré las suculentas, tomaré la pastilla e iré a refugiarme en la realidad del *otro lado* que he ido construyendo. A la que he ido llevando cosas de a poco. Beatriz, la corona de espinas, el cuaderno NOTEBOOK 5 que cuidé desde la infancia, son las últimas cosas que han partido. Ellas pudieron pasar por el túnel.

Falta mi cuerpo. Falto yo.

Me encantaría carecer de peso. Ser como esos electrones y positrones del acelerador de partículas, volar a la velocidad de la luz.

Tengo la esperanza de que uno de estos días despertaré allá. Tendrán que encontrar un nuevo supervisor. Me dará pena, pero no seré el primero.

Maia debe servir de inspiración.

Una vez allá haré todo para llevarme a Gemma, a Mukoma, a Ramón. Es lo que siento hoy, pero mañana quizás piense otra cosa. Mañana tal vez piense que ese *otro lado* ojalá sea solo para Maia y para mí, y que los demás deban buscar su camino solos.

AGRADECIMIENTOS

Agradezco a quienes leyeron algunas versiones de estos cuentos o el manuscrito entero y permitieron que este libro encontrara su forma definitiva: Liliana Colanzi, María José Navia, Martín Felipe Castagnet, Marcelo Paz Soldán. Macarena Areco me invitó a Santiago a una reunión/ seminario de trabajo con su equipo del proyecto FONDE-CYT en marzo del 2018, y allí tuvimos una conversación muy estimulante sobre la primera versión de este libro. El grupo de amigos que se reunió en mi casa en Ithaca con relativa frecuencia para tallerear textos ayudó mucho con sus sugerencias; entre ellos menciono a Paulo Lorca, Juliana Torres, Eliana Hernández Pachón, Giovanna Rivero, Rodrigo Márquez, Francisco Díaz Klaassen y Alex Torrez.

Los palíndromos de «Las muñecas» son de Merlina Acevedo. Los poemas de «Ahora y en la hora de nuestra muerte» son de Fabián Casas.

Gracias a Juan Casamayor por confiar en este proyecto desde el principio y por apostar de verdad por él. El equipo de Páginas de Espuma, entre los que menciono a Encarni,

Antonio y Paul Viejo, es el mejor hogar posible para mis cuentos.

A Jennifer Bernstein, de la agencia Wylie, siempre paciente y con una respuesta positiva para cada una de mis dudas.

Esta primera edición de
La vía del futuro
de Edmundo Paz Soldán
se terminó de imprimir
el 1 de octubre
de 2021